Albert Camus

Caligula

suivi de

Le malentendu

NOUVELLES VERSIONS

Gallimard

A mes amis du Théâtre de l'Équipe

Caligula

PIÈCE EN QUATRE ACTES

Caligula *a été représenté pour la première fois en 1945 sur la scène du Théâtre Hébertot (direction Jacques Hébertot), dans la mise en scène de Paul Œttly; le décor étant de Louis Miquel et les costumes de Marie Viton.*

DISTRIBUTION

CALIGULA	*Gérard Philipe.*
CÆSONIA	*Margo Lion.*
HÉLICON	*Georges Vitaly.*
SCIPION	*Michel Bouquet,* puis *Georges Carmier.*
CHEREA	*Jean Barrère.*
SENECTUS, *le vieux patricien*	*Georges Saillard.*
METELLUS, *patricien*	*François Darbon,* puis *René Desormes.*
LEPIDUS, *patricien*	*Henry Duval.*
OCTAVIUS, *patricien*	*Norbert Pierlot.*

PATRICIUS, *l'intendant*	*Fernand Liesse.*
MEREIA	*Guy Favières.*
MUCIUS	*Jacques Leduc.*
PREMIER GARDE	*Jean Œttly.*
DEUXIÈME GARDE	*Jean Fonteneau.*
PREMIER SERVITEUR	*Georges Carmier,* puis *Daniel Crouet.*
DEUXIÈME SERVITEUR	*Jean-Claude Orlay.*
TROISIÈME SERVITEUR	*Roger Saltel.*
FEMME DE MUCIUS	*Jacqueline Hébel.*
PREMIER POÈTE	*Georges Carmier,* puis *Daniel Crouet.*
DEUXIÈME POÈTE	*Jean-Claude Orlay.*
TROISIÈME POÈTE	*Jacques Leduc.*
QUATRIÈME POÈTE	*François Darbon,* puis *René Desormes.*
CINQUIÈME POÈTE	*Fernand Liesse.*
SIXIÈME POÈTE	*Roger Saltel.*

La scène se passe dans le palais de Caligula.
Il y a un intervalle de trois années entre le premier acte et les actes suivants.

ACTE PREMIER

SCÈNE PREMIÈRE

Des patriciens, dont un très âgé, sont groupés dans une salle du palais et donnent des signes de nervosité.

PREMIER PATRICIEN

Toujours rien.

LE VIEUX PATRICIEN

Rien le matin, rien le soir.

DEUXIÈME PATRICIEN

Rien depuis trois jours.

LE VIEUX PATRICIEN

Les courriers partent, les courriers reviennent. Ils secouent la tête et disent : « Rien. »

DEUXIÈME PATRICIEN

Toute la campagne est battue, il n'y a rien à faire.

PREMIER PATRICIEN

Pourquoi s'inquiéter à l'avance? Attendons. Il reviendra peut-être comme il est parti.

LE VIEUX PATRICIEN

Je l'ai vu sortir du palais. Il avait un regard étrange.

PREMIER PATRICIEN

J'étais là aussi et je lui ai demandé ce qu'il avait.

DEUXIÈME PATRICIEN

A-t-il répondu?

PREMIER PATRICIEN

Un seul mot : « Rien. »

> *Un temps. Entre Hélicon, mangeant des oignons.*

DEUXIÈME PATRICIEN, *toujours nerveux.*

C'est inquiétant.

PREMIER PATRICIEN

Allons, tous les jeunes gens sont ainsi.

LE VIEUX PATRICIEN

Bien entendu, l'âge efface tout.

DEUXIÈME PATRICIEN

Vous croyez?

PREMIER PATRICIEN

Souhaitons qu'il oublie.

LE VIEUX PATRICIEN

Bien sûr! Une de perdue, dix de retrouvées.

HÉLICON

Où prenez-vous qu'il s'agisse d'amour?

PREMIER PATRICIEN

Et de quoi d'autre?

HÉLICON

Le foie peut-être. Ou le simple dégoût de vous voir tous les jours. On supporterait tellement mieux nos contemporains s'ils pouvaient de temps en temps changer de museau. Mais non, le menu ne change pas. Toujours la même fricassée.

LE VIEUX PATRICIEN

Je préfère penser qu'il s'agit d'amour. C'est plus attendrissant.

HÉLICON

Et rassurant, surtout, tellement plus rassurant. C'est le genre de maladies qui n'épargnent ni les intelligents ni les imbéciles.

PREMIER PATRICIEN

De toute façon, heureusement, les chagrins ne sont pas éternels. Êtes-vous capable de souffrir plus d'un an?

DEUXIÈME PATRICIEN

Moi, non.

PREMIER PATRICIEN

Personne n'a ce pouvoir.

LE VIEUX PATRICIEN

La vie serait impossible.

PREMIER PATRICIEN

Vous voyez bien. Tenez, j'ai perdu ma femme, l'an passé. J'ai beaucoup pleuré et puis j'ai oublié. De temps en temps, j'ai de la peine. Mais, en somme, ce n'est rien.

LE VIEUX PATRICIEN

La nature fait bien les choses.

HÉLICON

Quand je vous regarde, pourtant, j'ai l'impression qu'il lui arrive de manquer son coup.

Entre Cherea.

PREMIER PATRICIEN

Eh bien?

CHEREA

Toujours rien.

HÉLICON

Du calme, Messieurs, du calme. Sauvons les apparences. L'Empire romain, c'est nous. Si nous perdons la figure, l'Empire perd la tête. Ce n'est pas le moment, oh non! Et pour commencer, allons déjeuner, l'Empire se portera mieux.

LE VIEUX PATRICIEN

C'est juste, il ne faut pas lâcher la proie pour l'ombre.

CHEREA

Je n'aime pas cela. Mais tout allait trop bien. Cet empereur était parfait.

DEUXIÈME PATRICIEN

Oui, il était comme il faut : scrupuleux et sans expérience.

PREMIER PATRICIEN

Mais, enfin, qu'avez-vous et pourquoi ces lamentations ? Rien ne l'empêche de continuer. Il aimait Drusilla, c'est entendu. Mais elle était sa sœur, en somme. Coucher avec elle, c'était déjà beaucoup. Mais bouleverser Rome parce qu'elle est morte, cela dépasse les bornes.

CHEREA

Il n'empêche. Je n'aime pas cela, et cette fuite ne me dit rien.

LE VIEUX PATRICIEN

Oui, il n'y a pas de fumée sans feu.

PREMIER PATRICIEN

En tout cas, la raison d'État ne peut admettre un inceste qui prend l'allure des tragédies. L'inceste, soit, mais discret.

HÉLICON

Vous savez, l'inceste, forcément, ça fait toujours un peu de bruit. Le lit craque, si j'ose m'exprimer ainsi. Qui vous dit, d'ailleurs, qu'il s'agisse de Drusilla ?

DEUXIÈME PATRICIEN

Et de quoi donc alors ?

HÉLICON

Devinez. Notez bien, le malheur c'est comme

le mariage. On croit qu'on choisit et puis on est choisi. C'est comme ça, on n'y peut rien. Notre Caligula est malheureux, mais il ne sait peut-être même pas pourquoi! Il a dû se sentir coincé, alors il a fui. Nous en aurions tous fait autant. Tenez, moi qui vous parle, si j'avais pu choisir mon père, je ne serais pas né.

Entre Scipion.

SCÈNE II

CHEREA

Alors?

SCIPION

Encore rien. Des paysans ont cru le voir, dans la nuit d'hier, près d'ici, courant à travers l'orage.

Cherea revient vers les sénateurs. Scipion le suit.

CHEREA

Cela fait bien trois jours, Scipion?

SCIPION

Oui. J'étais présent, le suivant comme de coutume. Il s'est avancé vers le corps de Drusilla. Il l'a touché avec deux doigts. Puis il a semblé réfléchir, tournant sur lui-même, et il est sorti d'un pas égal. Depuis, on court après lui.

CHEREA, *secouant la tête.*

Ce garçon aimait trop la littérature.

DEUXIÈME PATRICIEN

C'est de son âge.

CHEREA

Mais ce n'est pas de son rang. Un empereur artiste, cela n'est pas convenable. Nous en avons eu un ou deux, bien entendu. Il y a des brebis galeuses partout. Mais les autres ont eu le bon goût de rester des fonctionnaires.

PREMIER PATRICIEN

C'était plus reposant.

LE VIEUX PATRICIEN

A chacun son métier.

SCIPION

Que peut-on faire, Cherea?

CHEREA

Rien.

DEUXIÈME PATRICIEN

Attendons. S'il ne revient pas, il faudra le remplacer. Entre nous, les empereurs ne manquent pas.

PREMIER PATRICIEN

Non, nous manquons seulement de caractères.

CHEREA

Et s'il revient mal disposé?

PREMIER PATRICIEN

Ma foi, c'est encore un enfant, nous lui ferons entendre raison.

CHEREA

Et s'il est sourd au raisonnement?

PREMIER PATRICIEN, *il rit*.

Eh bien! n'ai-je pas écrit, dans le temps, un traité du coup d'État?

CHEREA

Bien sûr, s'il le fallait! Mais j'aimerais mieux qu'on me laisse à mes livres.

SCIPION

Je vous demande pardon.

Il sort.

CHEREA

Il est offusqué.

LE VIEUX PATRICIEN

C'est un enfant. Les jeunes gens sont solidaires.

HÉLICON

Solidaires ou non, ils vieilliront de toute façon.

Un garde apparaît : « On a vu Caligula dans le jardin du palais. »
Tous sortent.

SCÈNE III

La scène reste vide quelques secondes. Caligula entre furtivement par la gauche. Il a l'air égaré, il est sale, il a les cheveux pleins d'eau et les jambes souillées. Il porte plusieurs fois la main à sa bouche. Il avance vers le miroir et s'arrête dès qu'il aperçoit sa propre image. Il grommelle des paroles indistinctes, puis va s'asseoir, à droite, les bras pendants entre les genoux écartés. Hélicon entre à gauche. Apercevant Caligula, il s'arrête à l'extrémité de la scène et l'observe en silence. Caligula se retourne et le voit. Un temps.

SCÈNE IV

HÉLICON, *d'un bout de la scène à l'autre.*
Bonjour, Caïus.

CALIGULA, *avec naturel.*
Bonjour, Hélicon.

Silence.

HÉLICON
Tu sembles fatigué?

CALIGULA
J'ai beaucoup marché.

HÉLICON

Oui, ton absence a duré longtemps.

Silence.

CALIGULA

C'était difficile à trouver.

HÉLICON

Quoi donc?

CALIGULA

Ce que je voulais.

HÉLICON

Et que voulais-tu?

CALIGULA, *toujours naturel.*

La lune.

HÉLICON

Quoi?

CALIGULA

Oui, je voulais la lune.

HÉLICON

Ah!

Silence. Hélicon se rapproche.

Pour quoi faire?

CALIGULA

Eh bien!... C'est une des choses que je n'ai pas.

HÉLICON

Bien sûr. Et maintenant, tout est arrangé?

CALIGULA

Non, je n'ai pas pu l'avoir.

HÉLICON

C'est ennuyeux.

CALIGULA

Oui, c'est pour cela que je suis fatigué.

Un temps.

CALIGULA

Hélicon!

HÉLICON

Oui, Caïus.

CALIGULA

Tu penses que je suis fou.

HÉLICON

Tu sais bien que je ne pense jamais. Je suis bien trop intelligent pour ça.

CALIGULA

Oui. Enfin! Mais je ne suis pas fou et même je n'ai jamais été aussi raisonnable. Simplement, je me suis senti tout d'un coup un besoin d'impossible. (*Un temps.*) Les choses, telles qu'elles sont, ne me semblent pas satisfaisantes.

HÉLICON

C'est une opinion assez répandue.

CALIGULA,

Il est vrai. Mais je ne le savais pas auparavant. Maintenant, je sais. (*Toujours naturel.*) Ce
monde, tel qu'il est fait, n'est pas supportable.
J'ai donc besoin de la lune, ou du bonheur, ou
de l'immortalité, de quelque chose qui soit
dément peut-être, mais qui ne soit pas de ce
monde.

HÉLICON

C'est un raisonnement qui se tient. Mais, en
général, on ne peut pas le tenir jusqu'au bout.

CALIGULA,
se levant, mais avec la même simplicité.

Tu n'en sais rien. C'est parce qu'on ne le
tient jamais jusqu'au bout que rien n'est
obtenu. Mais il suffit peut-être de rester logique
jusqu'à la fin.

Il regarde Hélicon.

Je sais aussi ce que tu penses. Que d'histoires
pour la mort d'une femme! Non, ce n'est pas
cela. Je crois me souvenir, il est vrai, qu'il y a
quelques jours, une femme que j'aimais est
morte. Mais qu'est-ce que l'amour? Peu de
chose. Cette mort n'est rien, je te le jure; elle
est seulement le signe d'une vérité qui me rend
la lune nécessaire. C'est une vérité toute simple
et toute claire, un peu bête, mais difficile à
découvrir et lourde à porter.

HÉLICON

Et qu'est-ce donc que cette vérité, Caïus?

CALIGULA, *détourné, sur un ton neutre.*

Les hommes meurent et ils ne sont pas heureux.

HÉLICON, *après un temps.*

Allons, Caïus, c'est une vérité dont on s'arrange très bien. Regarde autour de toi. Ce n'est pas cela qui les empêche de déjeuner.

CALIGULA, *avec un éclat soudain.*

Alors, c'est que tout, autour de moi, est mensonge, et moi, je veux qu'on vive dans la vérité! Et justement, j'ai les moyens de les faire vivre dans la vérité. Car je sais ce qui leur manque, Hélicon. Ils sont privés de la connaissance et il leur manque un professeur qui sache ce dont il parle.

HÉLICON

Ne t'offense pas, Caïus, de ce que je vais te dire. Mais tu devrais d'abord te reposer.

CALIGULA, *s'asseyant et avec douceur.*

Cela n'est pas possible, Hélicon, cela ne sera plus jamais possible.

HÉLICON

Et pourquoi donc?

CALIGULA

Si je dors, qui me donnera la lune?

HÉLICON, *après un silence.*

Cela est vrai.

Caligula se lève avec un effort visible.

CALIGULA

Écoute, Hélicon. J'entends des pas et des bruits de voix. Garde le silence et oublie que tu viens de me voir.

HÉLICON

J'ai compris.

> *Caligula se dirige vers la sortie. Il se retourne.*

CALIGULA

Et, s'il te plaît, aide-moi désormais.

HÉLICON

Je n'ai pas de raisons de ne pas le faire, Caïus. Mais je sais beaucoup de choses et peu de choses m'intéressent. A quoi donc puis-je t'aider?

CALIGULA

A l'impossible.

HÉLICON

Je ferai pour le mieux.

> *Caligula sort. Entrent rapidement Scipion et Cæsonia.*

SCÈNE V

SCIPION

Il n'y a personne. Ne l'as-tu pas vu, Hélicon?

HÉLICON

Non.

CÆSONIA

Hélicon, ne t'a-t-il vraiment rien dit avant de s'échapper?

HÉLICON

Je ne suis pas son confident, je suis son spectateur. C'est plus sage.

CÆSONIA

Je t'en prie.

HÉLICON

Chère Cæsonia, Caïus est un idéaliste, tout le monde le sait. Autant dire qu'il n'a pas encore compris. Moi oui, c'est pourquoi je ne m'occupe de rien. Mais si Caïus se met à comprendre, il est capable au contraire, avec son bon petit cœur, de s'occuper de tout. Et Dieu sait ce que ça nous coûtera. Mais, vous permettez, le déjeuner!

Il sort.

SCÈNE VI

Cæsonia s'assied avec lassitude.

CÆSONIA

Un garde l'a vu passer. Mais Rome tout entière voit Caligula partout. Et Caligula, en effet, ne voit que son idée.

SCIPION

Quelle idée?

CÆSONIA

Comment le saurais-je, Scipion?

SCIPION

Drusilla?

CÆSONIA

Qui peut le dire? Mais il est vrai qu'il
l'aimait. Il est vrai que cela est dur de voir
mourir aujourd'hui ce que, hier, on serrait dans
ses bras.

SCIPION, *timidement*.

Et toi?

CÆSONIA

Oh! moi, je suis la vieille maîtresse.

SCIPION

Cæsonia, il faut le sauver.

CÆSONIA

Tu l'aimes donc?

SCIPION

Je l'aime. Il était bon pour moi. Il m'encou-
rageait et je sais par cœur certaines de ses
paroles. Il me disait que la vie n'est pas facile,
mais qu'il y avait la religion, l'art, l'amour
qu'on nous porte. Il répétait souvent que faire
souffrir était la seule façon de se tromper. Il
voulait être un homme juste.

CÆSONIA, *se levant.*

C'était un enfant.

> *Elle va vers le miroir et s'y contemple.*

Je n'ai jamais eu d'autre dieu que mon corps, et c'est ce dieu que je voudrais prier aujourd'hui pour que Caïus me soit rendu.

> *Entre Caligula. Apercevant Cæsonia et Scipion, il hésite et recule. Au même instant entrent à l'opposé les patriciens et l'intendant du palais. Ils s'arrêtent, interdits, Cæsonia se retourne. Elle et Scipion courent vers Caligula. Il les arrête d'un geste.*

SCÈNE VII

L'INTENDANT, *d'une voix mal assurée.*

Nous... nous te cherchions, César.

CALIGULA, *d'une voix brève et changée.*

Je vois.

L'INTENDANT

Nous... c'est-à-dire...

CALIGULA, *brutalement.*

Qu'est-ce que vous voulez ?

L'INTENDANT

Nous étions inquiets, César.

CALIGULA, *s'avançant vers lui.*

De quel droit?

L'INTENDANT

Eh! heu... (*Soudain inspiré et très vite.*) Enfin,
de toute façon, tu sais que tu as à régler quelques questions concernant le Trésor public.

CALIGULA, *pris d'un rire inextinguible.*

Le Trésor? Mais c'est vrai, voyons, le Trésor,
c'est capital.

L'INTENDANT

Certes, César.

CALIGULA, *toujours riant, à Cæsonia.*

N'est-ce pas, ma chère, c'est très important,
le Trésor?

CÆSONIA

Non, Caligula, c'est une question secondaire.

CALIGULA

Mais c'est que tu n'y connais rien. Le Trésor
est d'un intérêt puissant. Tout est important :
les finances, la moralité publique, la politique
extérieure, l'approvisionnement de l'armée et
les lois agraires! Tout est capital, te dis-je. Tout
est sur le même pied : la grandeur de Rome et
tes crises d'arthritisme. Ah! je vais m'occuper
de tout cela. Écoute-moi un peu, intendant.

L'INTENDANT

Nous t'écoutons.

Les patriciens s'avancent.

CALIGULA

Tu m'es fidèle, n'est-ce pas?

L'INTENDANT, *d'un ton de reproche.*

César!

CALIGULA

Eh bien, j'ai un plan à te soumettre. Nous allons bouleverser l'économie politique en deux temps. Je te l'expliquerai, intendant... quand les patriciens seront sortis.

Les patriciens sortent.

SCÈNE VIII

Caligula s'assied près de Cæsonia.

CALIGULA

Écoute bien. Premier temps : tous les patriciens, toutes les personnes de l'Empire qui disposent de quelque fortune — petite ou grande, c'est exactement la même chose — doivent obligatoirement déshériter leurs enfants et tester sur l'heure en faveur de l'État.

L'INTENDANT

Mais, César...

CALIGULA

Je ne t'ai pas encore donné la parole. A raison de nos besoins, nous ferons mourir ces person-

nages dans l'ordre d'une liste établie arbitrairement. A l'occasion, nous pourrons modifier cet
ordre, toujours arbitrairement. Et nous hérite-
rons.

CÆSONIA, *se dégageant.*

Qu'est-ce qui te prend?

CALIGULA, *imperturbable.*

L'ordre des exécutions n'a, en effet, aucune
importance. Ou plutôt ces exécutions ont une
importance égale, ce qui entraîne qu'elles n'en
ont point. D'ailleurs, ils sont aussi coupables les
uns que les autres. Notez d'ailleurs qu'il n'est
pas plus immoral de voler directement les
citoyens que de glisser des taxes indirectes dans
le prix de denrées dont ils ne peuvent se passer.
Gouverner, c'est voler, tout le monde sait ça.
Mais il y a la manière. Pour moi, je volerai
franchement. Ça vous changera des gagne-petit.
(*Rudement, à l'intendant.*) Tu exécuteras ces
ordres sans délai. Les testaments seront signés
dans la soirée par tous les habitants de Rome
dans un mois au plus tard par tous les provin-
ciaux. Envoie des courriers.

L'INTENDANT

César, tu ne te rends pas compte...

CALIGULA

Écoute-moi bien, imbécile. Si le Trésor a de
l'importance, alors la vie humaine n'en a pas.
Cela est clair. Tous ceux qui pensent comme toi
doivent admettre ce raisonnement et compter
leur vie pour rien puisqu'ils tiennent l'argent

pour tout. Au demeurant, moi, j'ai décidé d'être logique et puisque j'ai le pouvoir, vous allez voir ce que la logique va vous coûter. J'exterminerai les contradicteurs et les contradictions. S'il le faut, je commencerai par toi.

L'INTENDANT

César, ma bonne volonté n'est pas en question, je te le jure.

CALIGULA

Ni la mienne, tu peux m'en croire. La preuve, c'est que je consens à épouser ton point de vue et à tenir le Trésor public pour un objet de méditations. En somme, remercie-moi, puisque je rentre dans ton jeu et que je joue avec tes cartes. (*Un temps et avec calme.*) D'ailleurs, mon plan, par sa simplicité, est génial, ce qui clôt le débat. Tu as trois secondes pour disparaître. Je compte : un...

L'intendant disparaît.

SCÈNE IX

CÆSONIA

Je te reconnais mal! C'est une plaisanterie, n'est-ce pas?

CALIGULA

Pas exactement, Cæsonia. C'est de la pédagogie.

SCIPION

Ce n'est pas possible, Caïus!

CALIGULA

Justement!

SCIPION

Je ne te comprends pas.

CALIGULA

Justement! il s'agit de ce qui n'est pas possible, ou plutôt il s'agit de rendre possible ce qui ne l'est pas.

SCIPION

Mais c'est un jeu qui n'a pas de limites. C'est la récréation d'un fou.

CALIGULA

Non, Scipion, c'est la vertu d'un empereur. (*Il se renverse avec une expression de fatigue.*) Je viens de comprendre enfin l'utilité du pouvoir. Il donne ses chances à l'impossible. Aujourd'hui, et pour tout le temps qui va venir, la liberté n'a plus de frontières.

CÆSONIA, *tristement.*

Je ne sais pas s'il faut s'en réjouir, Caïus.

CALIGULA

Je ne le sais pas non plus. Mais je suppose qu'il faut en vivre.

Entre Cherea.

SCÈNE X

CHEREA

J'ai appris ton retour. Je fais des vœux pour ta santé.

CALIGULA

Ma santé te remercie. (*Un temps et soudain.*) Va-t'en, Cherea, je ne veux pas te voir.

CHEREA

Je suis surpris, Caïus.

CALIGULA

Ne sois pas surpris. Je n'aime pas les littérateurs et je ne peux supporter leurs mensonges. Ils parlent pour ne pas s'écouter. S'ils s'écoutaient, ils sauraient qu'ils ne sont rien et ne pourraient plus parler. Allez, rompez, j'ai horreur des faux témoins.

CHEREA

Si nous mentons, c'est souvent sans le savoir. Je plaide non coupable.

CALIGULA

Le mensonge n'est jamais innocent. Et le vôtre donne de l'importance aux êtres et aux choses. Voilà ce que je ne puis vous pardonner.

CHEREA

Et pourtant, il faut bien plaider pour ce monde, si nous voulons y vivre.

CALIGULA

Ne plaide pas, la cause est entendue. Ce monde est sans importance et qui le reconnaît conquiert sa liberté. (*Il s'est levé.*) Et justement, je vous hais parce que vous n'êtes pas libres. Dans tout l'Empire romain, me voici seul libre. Réjouissez-vous, il vous est enfin venu un empereur pour vous enseigner la liberté. Va-t'en, Cherea, et toi aussi, Scipion, l'amitié me fait rire. Allez annoncer à Rome que sa liberté lui est enfin rendue et qu'avec elle commence une grande épreuve.

Ils sortent. Caligula s'est détourné.

SCÈNE XI

CÆSONIA

Tu pleures?

CALIGULA

Oui, Cæsonia.

CÆSONIA

Mais enfin, qu'y a-t-il de changé? S'il est vrai que tu aimais Drusilla, tu l'aimais en même temps que moi et que beaucoup d'autres. Cela ne suffisait pas pour que sa mort te chasse trois jours et trois nuits dans la campagne et te ramène avec ce visage ennemi.

CALIGULA, *il s'est retourné.*

Qui te parle de Drusilla, folle? Et ne peux-tu imaginer qu'un homme pleure pour autre chose que l'amour?

CÆSONIA

Pardon, Caïus. Mais je cherche à comprendre.

CALIGULA

Les hommes pleurent parce que les choses ne sont pas ce qu'elles devraient être. (*Elle va vers lui.*) Laisse, Cæsonia. (*Elle recule.*) Mais reste près de moi.

CÆSONIA

Je ferai ce que tu voudras. (*Elle s'assied.*) A mon âge, on sait que la vie n'est pas bonne. Mais si le mal est sur la terre, pourquoi vouloir y ajouter?

CALIGULA

Tu ne peux pas comprendre. Qu'importe? Je sortirai peut-être de là. Mais je sens monter en moi des êtres sans nom. Que ferais-je contre eux? (*Il se retourne vers elle.*) Oh! Cæsonia, je savais qu'on pouvait être désespéré, mais j'ignorais ce que ce mot voulait dire. Je croyais comme tout le monde que c'était une maladie de l'âme. Mais non, c'est le corps qui souffre. Ma peau me fait mal, ma poitrine, mes membres. J'ai la tête creuse et le cœur soulevé. Et le plus affreux, c'est ce goût dans la bouche. Ni sang, ni mort, ni fièvre, mais tout cela à la fois. Il suffit que je remue la langue pour que tout redevienne noir et que les êtres me répugnent. Qu'il est dur, qu'il est amer de devenir un homme!

CÆSONIA

Il faut dormir, dormir longtemps, se laisser aller et ne plus réfléchir. Je veillerai sur ton sommeil. A ton réveil, le monde pour toi recouvrera son goût. Fais servir alors ton pouvoir à mieux aimer ce qui peut l'être encore. Ce qui est possible mérite aussi d'avoir sa chance.

CALIGULA

Mais il y faut le sommeil, il y faut l'abandon. Cela n'est pas possible.

CÆSONIA

C'est ce qu'on croit au bout de la fatigue. Un temps vient où l'on retrouve une main ferme.

CALIGULA

Mais il faut savoir où la poser. Et que me fait une main ferme, de quoi me sert ce pouvoir si étonnant si je ne puis changer l'ordre des choses, si je ne puis faire que le soleil se couche à l'est, que la souffrance décroisse et que les êtres ne meurent plus? Non, Cæsonia, il est indifférent de dormir ou de rester éveillé, si je n'ai pas d'action sur l'ordre de ce monde.

CÆSONIA

Mais c'est vouloir s'égaler aux dieux. Je ne connais pas de pire folie.

CALIGULA

Toi aussi, tu me crois fou. Et pourtant,

qu'est-ce qu'un dieu pour que je désire m'égaler à lui? Ce que je désire de toutes mes forces, aujourd'hui, est au-dessus des dieux. Je prends en charge un royaume où l'impossible est roi.

CÆSONIA

Tu ne pourras pas faire que le ciel ne soit pas le ciel, qu'un beau visage devienne laid, un cœur d'homme insensible.

CALIGULA, *avec une exaltation croissante.*

Je veux mêler le ciel à la mer, confondre laideur et beauté, faire jaillir le rire de la souffrance.

CÆSONIA, *dressée devant lui et suppliante.*

Il y a le bon et le mauvais, ce qui est grand et ce qui est bas, le juste et l'injuste. Je te jure que tout cela ne changera pas.

CALIGULA, *de même.*

Ma volonté est de le changer. Je ferai à ce siècle le don de l'égalité. Et lorsque tout sera aplani, l'impossible enfin sur terre, la lune dans mes mains, alors, peut-être, moi-même je serai transformé et le monde avec moi, alors enfin les hommes ne mourront pas et ils seront heureux.

CÆSONIA, *dans un cri.*

Tu ne pourras pas nier l'amour.

CALIGULA,
éclatant et avec une voix pleine de rage.

L'amour, Cæsonia! (*Il l'a prise aux épaules et la secoue.*) J'ai appris que ce n'était rien. C'est l'autre qui a raison : le Trésor public! Tu l'as bien entendu, n'est-ce pas? Tout commence avec cela. Ah! c'est maintenant que je vais vivre enfin! Vivre, Cæsonia, vivre, c'est le contraire d'aimer. C'est moi qui te le dis et c'est moi qui t'invite à une fête sans mesure, à un procès général, au plus beau des spectacles. Et il me faut du monde, des spectateurs, des victimes et des coupables.

> *Il saute sur le gong et commence à frapper,*
> *sans arrêt, à coups redoublés.*
> *Toujours frappant.*

Faites entrer les coupables. Il me faut des coupables. Et ils le sont tous. (*Frappant toujours.*) Je veux qu'on fasse entrer les condamnés à mort. Du public, je veux avoir mon public! Juges, témoins, accusés, tous condamnés d'avance! Ah! Cæsonia, je leur montrerai ce qu'ils n'ont jamais vu, le seul homme libre de cet empire!

> *Au son du gong, le palais peu à peu s'est*
> *rempli de rumeurs qui grossissent et appro-*
> *chent. Des voix, des bruits d'armes, des pas*
> *et des piétinements. Caligula rit et frappe*
> *toujours. Des gardes entrent, puis sortent.*
> *Frappant.*

Et toi, Cæsonia, tu m'obéiras. Tu m'aideras toujours. Ce sera merveilleux. Jure de m'aider, Cæsonia.

CÆSONIA, *égarée, entre deux coups de gong.*

Je n'ai pas besoin de jurer, puisque je t'aime.

CALIGULA, *même jeu.*

Tu feras tout ce que je te dirai.

CÆSONIA, *même jeu.*

Tout, Caligula, mais arrête.

CALIGULA, *toujours frappant.*

Tu seras cruelle.

CÆSONIA, *pleurant.*

Cruelle.

CALIGULA, *même jeu.*

Froide et implacable.

CÆSONIA

Implacable.

CALIGULA, *même jeu.*

Tu souffriras aussi.

CÆSONIA

Oui, Caligula, mais je deviens folle.

> *Des patriciens sont entrés, ahuris, et avec eux les gens du palais. Caligula frappe un dernier coup, lève son maillet, se retourne vers eux et les appelle.*

CALIGULA, *insensé.*

Venez tous. Approchez. Je vous ordonne d'approcher. (*Il trépigne.*) C'est un empereur qui exige que vous approchiez. (*Tous avancent, pleins d'effroi.*) Venez vite. Et maintenant, approche Cæsonia.

> *Il la prend par la main, la mène près du miroir et, du maillet, efface frénétiquement une image sur la surface polie. Il rit.*

Plus rien, tu vois. Plus de souvenirs, tous les visages enfuis! Rien, plus rien. Et sais-tu ce qui reste. Approche encore. Regarde. Approchez. Regardez.

> *Il se campe devant la glace dans une attitude démente.*

CÆSONIA, *regardant le miroir, avec effroi.*

Caligula!

> *Caligula change de ton, pose son doigt sur la glace et le regard soudain fixe, dit d'une voix triomphante :*

CALIGULA

Caligula.

RIDEAU

ACTE II

SCÈNE PREMIÈRE

Des patriciens sont réunis chez Cherea.

PREMIER PATRICIEN

Il insulte notre dignité.

MUCIUS

Depuis trois ans!

LE VIEUX PATRICIEN

Il m'appelle petite femme! Il me ridiculise! A mort!

MUCIUS

Depuis trois ans!

PREMIER PATRICIEN

Il nous fait courir tous les soirs autour de sa litière quand il va se promener dans la campagne!

DEUXIÈME PATRICIEN

Et il nous dit que la course est bonne pour la santé.

MUCIUS

Depuis trois ans !

LE VIEUX PATRICIEN

Il n'y a pas d'excuse à cela.

TROISIÈME PATRICIEN

Non, on ne peut pardonner cela.

PREMIER PATRICIEN

Patricius, il a confisqué tes biens ; Scipion, il
a tué ton père ; Octavius, il a enlevé ta femme et
la fait travailler maintenant dans sa maison
publique ; Lepidus, il a tué ton fils. Allez-vous
supporter cela ? Pour moi, mon choix est fait.
Entre le risque à courir et cette vie insupportable dans la peur et l'impuissance, je ne peux
pas hésiter.

SCIPION

En tuant mon père, il a choisi pour moi.

PREMIER PATRICIEN

Hésiterez-vous encore ?

TROISIÈME PATRICIEN

Nous sommes avec toi. Il a donné au peuple
nos places de cirque et nous a poussés à nous
battre avec la plèbe pour mieux nous punir
ensuite.

LE VIEUX PATRICIEN

C'est un lâche.

DEUXIÈME PATRICIEN

Un cynique.

TROISIÈME PATRICIEN

Un comédien.

LE VIEUX PATRICIEN

C'est un impuissant.

QUATRIÈME PATRICIEN

Depuis trois ans!

Tumulte désordonné. Les armes sont brandies. Un flambeau tombe. Une table est renversée. Tout le monde se précipite vers la sortie. Mais entre Cherea, impassible, qui arrête cet élan.

SCÈNE II

CHEREA

Où courez-vous ainsi?

TROISIÈME PATRICIEN

Au palais.

CHEREA

J'ai bien compris. Mais croyez-vous qu'on vous laissera entrer?

PREMIER PATRICIEN

Il ne s'agit pas de demander la permission.

CHEREA

Vous voilà bien vigoureux tout d'un coup!

Puis-je au moins avoir l'autorisation de m'asseoir chez moi?

> *On ferme la porte. Cherea marche vers la*
> *table renversée et s'assied sur un des coins,*
> *tandis que tous se retournent vers lui.*

CHEREA

Ce n'est pas aussi facile que vous le croyez,
mes amis. La peur que vous éprouvez ne peut
pas vous tenir lieu de courage et de sang-froid.
Tout cela est prématuré.

TROISIÈME PATRICIEN

Si tu n'es pas avec nous, va-t'en, mais tiens ta
langue.

CHEREA

Je crois pourtant que je suis avec vous. Mais
ce n'est pas pour les mêmes raisons.

TROISIÈME PATRICIEN

Assez de bavardages!

CHEREA, *se redressant.*

Oui, assez de bavardages. Je veux que les
choses soient claires. Car si je suis avec vous, je
ne suis pas pour vous. C'est pourquoi votre
méthode ne me paraît pas bonne. Vous n'avez
pas reconnu votre véritable ennemi, vous lui
prêtez de petits motifs. Il n'en a que de grands
et vous courez à votre perte. Sachez d'abord le
voir comme il est, vous pourrez mieux le
combattre.

TROISIÈME PATRICIEN

Nous le voyons comme il est, le plus insensé des tyrans!

CHEREA

Ce n'est pas sûr. Les empereurs fous, nous connaissons cela. Mais celui-ci n'est pas assez fou. Et ce que je déteste en lui, c'est qu'il sait ce qu'il veut.

PREMIER PATRICIEN

Il veut notre mort à tous.

CHEREA

Non, car cela est secondaire. Mais il met son pouvoir au service d'une passion plus haute et plus mortelle, il nous menace dans ce que nous avons de plus profond. Sans doute, ce n'est pas la première fois que, chez nous, un homme dispose d'un pouvoir sans limites, mais c'est la première fois qu'il s'en sert sans limites, jusqu'à nier l'homme et le monde. Voilà ce qui m'effraie en lui et que je veux combattre. Perdre la vie est peu de chose et j'aurai ce courage quand il le faudra. Mais voir se dissiper le sens de cette vie, disparaître notre raison d'exister, voilà ce qui est insupportable. On ne peut vivre sans raison.

PREMIER PATRICIEN

La vengeance est une raison.

CHEREA

Oui, et je vais la partager avec vous. Mais comprenez que ce n'est pas pour prendre le parti de vos petites humiliations. C'est pour lutter contre une grande idée dont la victoire signifierait la fin du monde. Je puis admettre que vous soyez tournés en dérision, je ne puis accepter que Caligula fasse ce qu'il rêve de faire et tout ce qu'il rêve de faire. Il transforme sa philosophie en cadavres et, pour notre malheur, c'est une philosophie sans objections. Il faut bien frapper quand on ne peut réfuter.

TROISIÈME PATRICIEN

Alors, il faut agir.

CHEREA

Il faut agir. Mais vous ne détruirez pas cette puissance injuste en l'abordant de front, alors qu'elle est en pleine vigueur. On peut combattre la tyrannie, il faut ruser avec la méchanceté désintéressée. Il faut la pousser dans son sens, attendre que cette logique soit devenue démence. Mais encore une fois, et je n'ai parlé ici que par honnêteté, comprenez que je ne suis avec vous que pour un temps. Je ne servirai ensuite aucun de vos intérêts, désireux seulement de retrouver la paix dans un monde à nouveau cohérent. Ce n'est pas l'ambition qui me fait agir, mais une peur raisonnable, la peur de ce lyrisme inhumain auprès de quoi ma vie n'est rien.

PREMIER PATRICIEN, *s'avançant*.

Je crois que j'ai compris, ou à peu près. Mais l'essentiel est que tu juges comme nous que les bases de notre société sont ébranlées. Pour nous, n'est-ce pas, vous autres, la question est avant tout morale. La famille tremble, le respect du travail se perd, la patrie tout entière est livrée au blasphème. La vertu nous appelle à son secours, allons-nous refuser de l'entendre? Conjurés, accepterez-vous enfin que les patriciens soient contraints chaque soir de courir autour de la litière de César?

LE VIEUX PATRICIEN

Permettrez-vous qu'on les appelle « ma chérie »?

TROISIÈME PATRICIEN

Qu'on leur enlève leur femme?

DEUXIÈME PATRICIEN

Et leurs enfants?

MUCIUS

Et leur argent?

CINQUIÈME PATRICIEN

Non!

PREMIER PATRICIEN

Cherea, tu as bien parlé. Tu as bien fait aussi de nous calmer. Il est trop tôt pour agir : le peuple, aujourd'hui encore, serait contre nous. Veux-tu guetter avec nous le moment de conclure?

CHEREA

Oui, laissons continuer Caligula. Poussons-le dans cette voie, au contraire. Organisons sa folie. Un jour viendra où il sera seul devant un empire plein de morts et de parents de morts.

Clameur générale. Trompettes au-dehors.
Silence. Puis, de bouche en bouche un nom :
Caligula.

SCÈNE III

Entrent Caligula et Cæsonia, suivis d'Hélicon
et de soldats. Scène muette. Caligula s'arrête et
regarde les conjurés. Il va de l'un à l'autre en
silence, arrange une boucle à l'un, recule pour
contempler un second, les regarde encore, passe la
main sur ses yeux et sort, sans dire un mot.

SCÈNE IV

CÆSONIA, *ironique, montrant le désordre.*
Vous vous battiez ?

CHEREA
Nous nous battions.

CÆSONIA, *même jeu.*
Et pourquoi vous battiez-vous ?

CHEREA
Nous nous battions pour rien.

CÆSONIA
Alors, ce n'est pas vrai.

CHEREA

Qu'est-ce qui n'est pas vrai?

CÆSONIA

Vous ne vous battiez pas.

CHEREA

Alors, nous ne nous battions pas.

CÆSONIA, *souriante.*

Peut-être vaudrait-il mieux mettre la pièce en ordre. Caligula a horreur du désordre.

HÉLICON, *au vieux patricien.*

Vous finirez par le faire sortir de son caractère, cet homme!

LE VIEUX PATRICIEN

Mais enfin, que lui avons-nous fait?

HÉLICON

Rien, justement. C'est inouï d'être insignifiant à ce point. Cela finit par devenir insupportable. Mettez-vous à la place de Caligula. (*Un temps.*) Naturellement, vous complotiez bien un peu, n'est-ce pas?

LE VIEUX PATRICIEN

Mais c'est faux, voyons. Que croit-il donc?

HÉLICON

Il ne croit pas, il le sait. Mais je suppose qu'au fond, il le désire un peu. Allons, aidons à réparer le désordre.

On s'affaire. Caligula entre et observe.

SCÈNE V

CALIGULA, *au vieux patricien.*

Bonjour, ma chérie. (*Aux autres.*) Cherea, j'ai décidé de me restaurer chez toi. Mucius, je me suis permis d'inviter ta femme.

L'intendant frappe dans ses mains. Un esclave entre, mais Caligula l'arrête.

Un instant! Messieurs, vous savez que les finances de l'État ne tenaient debout que parce qu'elles en avaient pris l'habitude. Depuis hier, l'habitude elle-même n'y suffit plus. Je suis donc dans la désolante nécessité de procéder à des compressions de personnel. Dans un esprit de sacrifice que vous apprécierez, j'en suis sûr, j'ai décidé de réduire mon train de maison, de libérer quelques esclaves, et de vous affecter à mon service. Vous voudrez bien préparer la table et la servir.

Les sénateurs se regardent et hésitent.

HÉLICON

Allons, messieurs, un peu de bonne volonté. Vous verrez, d'ailleurs, qu'il est plus facile de descendre l'échelle sociale que de la remonter.

Les sénateurs se déplacent avec hésitation.

CALIGULA, *à Cæsonia.*

Quel est le châtiment réservé aux esclaves paresseux?

CÆSONIA

Le fouet, je crois.

Les sénateurs se précipitent et commencent d'installer la table maladroitement.

CALIGULA

Allons, un peu d'application! De la méthode, surtout, de la méthode! (*A Hélicon.*) Ils ont perdu la main, il me semble?

HÉLICON

A vrai dire, ils ne l'ont jamais eue, sinon pour frapper ou commander. Il faudra patienter, voilà tout. Il faut un jour pour faire un sénateur et dix ans pour faire un travailleur.

CALIGULA

Mais j'ai bien peur qu'il en faille vingt pour faire un travailleur d'un sénateur.

HÉLICON

Tout de même, ils y arrivent. A mon avis, ils ont la vocation! La servitude leur conviendra. (*Un sénateur s'éponge.*) Regarde, ils commencent même à transpirer. C'est une étape.

CALIGULA

Bon. N'en demandons pas trop. Ce n'est pas si mal. Et puis, un instant de justice, c'est toujours bon à prendre. A propos de justice, il faut nous dépêcher : une exécution m'attend. Ah! Rufius a de la chance que je sois si prompt à avoir faim. (*Confidentiel.*) Rufius, c'est le chevalier qui doit mourir. (*Un temps.*) Vous ne me demandez pas pourquoi il doit mourir?

> *Silence général. Pendant ce temps, des*
> *esclaves ont apporté des vivres.*
> *De bonne humeur.*

Allons, je vois que vous devenez intelligents.
(*Il grignote une olive.*) Vous avez fini par
comprendre qu'il n'est pas nécessaire d'avoir
fait quelque chose pour mourir. Soldats, je suis
content de vous. N'est-ce pas, Hélicon?

> *Il s'arrête de grignoter et regarde les*
> *convives d'un air farceur.*

HÉLICON

Sûr! Quelle armée! Mais si tu veux mon
avis, ils sont maintenant trop intelligents, et ils
ne voudront plus se battre. S'ils progressent
encore, l'empire s'écroule!

CALIGULA

Parfait. Nous nous reposerons. Voyons, pla-
çons-nous au hasard. Pas de protocole. Tout de
même, ce Rufius a de la chance. Et je suis sûr
qu'il n'apprécie pas ce petit répit. Pourtant,
quelques heures gagnées sur la mort, c'est
inestimable.

> *Il mange, les autres aussi. Il devient*
> *évident que Caligula se tient mal à table.*
> *Rien ne le force à jeter ses noyaux d'olives*
> *dans l'assiette de ses voisins immédiats, à*
> *cracher ses déchets de viande sur le plat,*
> *comme à se curer les dents avec les ongles et à*
> *se gratter la tête frénétiquement. C'est pour-*
> *tant autant d'exploits que, pendant le repas,*
> *il exécutera avec simplicité. Mais il s'arrête*

brusquement de manger et fixe l'un des convives, Lepidus, avec insistance.
    Brutalement.

Tu as l'air de mauvaise humeur. Serait-ce parce que j'ai fait mourir ton fils?

LEPIDUS, *la gorge serrée.*

Mais non, Caïus, au contraire.

CALIGULA, *épanoui.*

Au contraire! Ah! que j'aime que le visage démente les soucis du cœur. Ton visage est triste. Mais ton cœur? Au contraire, n'est-ce pas, Lepidus?

LEPIDUS, *résolument.*

Au contraire, César.

CALIGULA, *de plus en plus heureux.*

Ah! Lepidus, personne ne m'est plus cher que toi. Rions ensemble, veux-tu? Et dis-moi quelque bonne histoire.

LEPIDUS, *qui a présumé de ses forces.*

Caïus!

CALIGULA

Bon, bon. Je raconterai, alors. Mais tu riras, n'est-ce pas, Lepidus? (*L'œil mauvais.*) Ne serait-ce que pour ton second fils. (*De nouveau rieur.*) D'ailleurs, tu n'es pas de mauvaise humeur. (*Il boit, puis dictant.*) Au..., au... Allons, Lepidus.

LEPIDUS, *avec lassitude.*

Au contraire, Caïus.

CALIGULA

A la bonne heure! (*Il boit.*) Écoute, maintenant. (*Rêveur.*) Il était une fois un pauvre empereur que personne n'aimait. Lui, qui aimait Lepidus, fit tuer son plus jeune fils pour s'enlever cet amour du cœur. (*Changeant de ton.*) Naturellement, ce n'est pas vrai. Drôle, n'est-ce pas? Tu ne ris pas. Personne ne rit? Écoutez alors. (*Avec une violente colère.*) Je veux que tout le monde rie. Toi, Lepidus, et tous les autres. Levez-vous, riez. (*Il frappe sur la table.*) Je veux, vous entendez, je veux vous voir rire.

> *Tout le monde se lève. Pendant toute cette scène, les acteurs, sauf Caligula et Cæsonia, pourront jouer comme des marionnettes.*
>
> *Se renversant sur son lit, épanoui, pris d'un rire irrésistible.*

Non, mais regarde-les, Cæsonia. Rien ne va plus. Honnêteté, respectabilité, qu'en dira-t-on, sagesse des nations, rien ne veut plus rien dire. Tout disparaît devant la peur. La peur, hein, Cæsonia, ce beau sentiment, sans alliage, pur et désintéressé, un des rares qui tire sa noblesse du ventre. (*Il passe la main sur son front et boit. Sur un ton amical.*) Parlons d'autre chose, maintenant. Voyons, Cherea, tu es bien silencieux.

CHEREA

Je suis prêt à parler, Caïus. Dès que tu le permettras.

CALIGULA

Parfait. Alors, tais-toi. J'aimerais bien entendre notre ami Mucius.

MUCIUS, *à contrecœur.*

A tes ordres, Caïus.

CALIGULA

Eh bien, parle-nous de ta femme. Et commence par l'envoyer à ma gauche.

La femme de Mucius vient près de Caligula.

Eh bien! Mucius, nous t'attendons.

MUCIUS, *un peu perdu.*

Ma femme, mais je l'aime.

Rire général.

CALIGULA

Bien sûr, mon ami, bien sûr. Mais comme c'est commun!

Il a déjà la femme près de lui et lèche distraitement son épaule gauche.
De plus en plus à l'aise.

Au fait, quand je suis entré, vous complotiez, n'est-ce pas? On y allait de sa petite conspiration, hein?

LE VIEUX PATRICIEN

Caïus, comment peux-tu?...

CALIGULA

Aucune importance, ma jolie. Il faut bien que vieillesse se passe. Aucune importance, vraiment. Vous êtes incapables d'un acte courageux. Il me vient seulement à l'esprit que j'ai quelques questions d'État à régler. Mais, auparavant, sachons faire leur part aux désirs impérieux que nous crée la nature.

Il se lève et entraîne la femme de Mucius dans une pièce voisine.

SCÈNE VI

Mucius fait mine de se lever.

CÆSONIA, *aimablement.*

Oh! Mucius, je reprendrais bien de cet excellent vin.

Mucius, dompté, la sert en silence. Moment de gêne. Les sièges craquent. Le dialogue qui suit est un peu compassé.

CÆSONIA

Eh bien! Cherea. Si tu me disais maintenant pourquoi vous vous battiez tout à l'heure?

CHEREA, *froidement.*

Tout est venu, chère Cæsonia, de ce que nous discutions sur le point de savoir si la poésie doit être meurtrière ou non.

CÆSONIA

C'est fort intéressant. Cependant, cela dépasse mon entendement de femme. Mais j'admire que votre passion pour l'art vous conduise à échanger des coups.

CHEREA, *même jeu.*

Certes. Mais Caligula me disait qu'il n'est pas de passion profonde sans quelque cruauté.

HÉLICON

Ni d'amour sans un brin de viol.

CÆSONIA, *mangeant.*

Il y a du vrai dans cette opinion. N'est-ce pas, vous autres?

LE VIEUX PATRICIEN

Caligula est un vigoureux psychologue.

PREMIER PATRICIEN

Il nous a parlé avec éloquence du courage.

DEUXIÈME PATRICIEN

Il devrait résumer toutes ses idées. Cela serait inestimable.

CHEREA

Sans compter que cela l'occuperait. Car il est visible qu'il a besoin de distractions.

CÆSONIA, *toujours mangeant.*

Vous serez ravis de savoir qu'il y a pensé et qu'il écrit en ce moment un grand traité.

SCÈNE VII

Entrent Caligula et la femme de Mucius.

CALIGULA

Mucius, je te rends ta femme. Elle te rejoindra. Mais pardonnez-moi, quelques instructions à donner.

Il sort rapidement. Mucius, pâle, s'est levé.

SCÈNE VIII

CÆSONIA, *à Mucius, resté debout.*

Ce grand traité égalera les plus célèbres, Mucius, nous n'en doutons pas.

MUCIUS, *regardant toujours la porte*
par laquelle Caligula a disparu.

Et de quoi parle-t-il, Cæsonia?

CÆSONIA, *indifférente.*

Oh! cela me dépasse.

CHEREA

Il faut donc comprendre que cela traite du pouvoir meurtrier de la poésie.

CÆSONIA

Tout juste, je crois.

LE VIEUX PATRICIEN, *avec enjouement.*

Eh bien! cela l'occupera, comme disait Cherea.

CÆSONIA

Oui, ma jolie. Mais ce qui vous gênera, sans doute, c'est le titre de cet ouvrage.

CHEREA

Quel est-il?

CÆSONIA

« Le Glaive. »

SCÈNE IX

Entre rapidement Caligula.

CALIGULA

Pardonnez-moi, mais les affaires de l'État, elles aussi, sont pressantes. Intendant, tu feras fermer les greniers publics. Je viens de signer le décret. Tu le trouveras dans la chambre.

L'INTENDANT

Mais...

CALIGULA

Demain, il y aura famine.

L'INTENDANT

Mais le peuple va gronder.

CALIGULA, *avec force et précision.*

Je dis qu'il y aura famine demain. Tout le
monde connaît la famine, c'est un fléau.
Demain, il y aura fléau... et j'arrêterai le fléau
quand il me plaira. (*Il explique aux autres.*)
Après tout, je n'ai pas tellement de façons de
prouver que je suis libre. On est toujours libre
aux dépens de quelqu'un. C'est ennuyeux, mais
c'est normal. (*Avec un coup d'œil vers Mucius.*)
Appliquez cette pensée à la jalousie et vous
verrez. (*Songeur.*) Tout de même, comme c'est
laid d'être jaloux! Souffrir par vanité et par
imagination! Voir sa femme...

> *Mucius serre les poings et ouvre la bouche.*
> *Très vite.*

Mangeons, messieurs. Savez-vous que nous
travaillons ferme avec Hélicon? Nous mettons
au point un petit traité de l'exécution dont vous
nous donnerez des nouvelles.

HÉLICON

A supposer qu'on vous demande votre avis.

CALIGULA

Soyons généreux, Hélicon! Découvrons-leur
nos petits secrets. Allez, section III, paragraphe
premier.

HÉLICON, *se lève et récite mécaniquement.*

« L'exécution soulage et délivre. Elle est
universelle, fortifiante et juste dans ses applica-
tions comme dans ses intentions. On meurt
parce qu'on est coupable. On est coupable parce
qu'on est sujet de Caligula. Or, tout le monde

est sujet de Caligula. Donc, tout le monde est coupable. D'où il ressort que tout le monde meurt. C'est une question de temps et de patience. »

CALIGULA, *riant.*

Qu'en pensez-vous? La patience, hein, voilà une trouvaille! Voulez-vous que je vous dise : c'est ce que j'admire le plus en vous.

Maintenant, messieurs, vous pouvez disposer. Cherea n'a plus besoin de vous. Cependant, que Cæsonia reste! Et Lepidus et Octavius! Mereia aussi. Je voudrais discuter avec vous de l'organisation de ma maison publique. Elle me donne de gros soucis.

> *Les autres sortent lentement. Caligula suit Mucius des yeux.*

SCÈNE X

CHEREA

A tes ordres, Caïus. Qu'est-ce qui ne va pas? Le personnel est-il mauvais?

CALIGULA

Non, mais les recettes ne sont pas bonnes.

MEREIA

Il faut augmenter les tarifs.

CALIGULA

Mereia, tu viens de perdre une occasion de te taire. Étant donné ton âge, ces questions ne t'intéressent pas et je ne te demande pas ton avis.

MEREIA

Alors, pourquoi m'as-tu fait rester?

CALIGULA

Parce que, tout à l'heure, j'aurai besoin d'un avis sans passion.

Mereia s'écarte.

CHEREA

Si je puis, Caïus, en parler avec passion, je dirai qu'il ne faut pas toucher aux tarifs.

CALIGULA

Naturellement, voyons. Mais il faut nous rattraper sur le chiffre d'affaires. Et j'ai déjà expliqué mon plan à Cæsonia qui va vous l'exposer. Moi, j'ai trop bu de vin et je commence à avoir sommeil.

Il s'étend et ferme les yeux.

CÆSONIA

C'est fort simple. Caligula crée une nouvelle décoration.

CHEREA

Je ne vois pas le rapport.

CÆSONIA

Il y est, pourtant. Cette distinction constituera l'ordre du Héros civique. Elle récompensera ceux des citoyens qui auront le plus fréquenté la maison publique de Caligula.

CHEREA

C'est lumineux.

CÆSONIA

Je le crois. J'oubliais de dire que la récompense est décernée chaque mois, après vérification des bons d'entrée; le citoyen qui n'a pas obtenu de décoration au bout de douze mois est exilé ou exécuté.

TROISIÈME PATRICIEN

Pourquoi « ou exécuté »?

CÆSONIA

Parce que Caligula dit que cela n'a aucune importance. L'essentiel est qu'il puisse choisir.

CHEREA

Bravo. Le Trésor public est aujourd'hui renfloué.

HÉLICON

Et toujours de façon très morale, remarquez-le bien. Il vaut mieux, après tout, taxer le vice que rançonner la vertu comme on le fait dans les sociétés républicaines.

> *Caligula ouvre les yeux à demi et regarde le vieux Mereia qui, à l'écart, sort un petit flacon et en boit une gorgée.*

CALIGULA, *toujours couché.*

Que bois-tu, Mereia?

MEREIA

C'est pour mon asthme, Caïus.

CALIGULA, *allant vers lui en écartant les autres
et lui flairant la bouche.*

Non, c'est un contrepoison.

MEREIA

Mais non, Caïus. Tu veux rire. J'étouffe dans
la nuit et je me soigne depuis fort longtemps
déjà.

CALIGULA

Ainsi, tu as peur d'être empoisonné?

MEREIA

Mon asthme...

CALIGULA

Non. Appelons les choses par leur nom : tu
crains que je ne t'empoisonne. Tu me soup-
çonnes. Tu m'épies.

MEREIA

Mais non, par tous les dieux!

CALIGULA

Tu me suspectes. En quelque sorte, tu te
défies de moi.

MEREIA

Caïus!

CALIGULA, *rudement.*

Réponds-moi. (*Mathématique.*) Si tu prends
un contrepoison, tu me prêtes par conséquent
l'intention de t'empoisonner.

MEREIA

Oui..., je veux dire... non.

CALIGULA

Et dès l'instant où tu crois que j'ai pris la décision de t'empoisonner, tu fais ce qu'il faut pour t'opposer à cette volonté.

> *Silence. Dès le début de la scène, Cæsonia et Cherea ont gagné le fond. Seul, Lepidus suit le dialogue d'un air angoissé.*
> *De plus en plus précis.*

Cela fait deux crimes, et une alternative dont tu ne sortiras pas : ou bien je ne voulais pas te faire mourir et tu me suspectes injustement, moi, ton empereur. Ou bien je le voulais, et toi, insecte, tu t'opposes à mes projets. (*Un temps. Caligula contemple le vieillard avec satisfaction.*) Hein, Mereia, que dis-tu de cette logique ?

MEREIA

Elle est..., elle est rigoureuse, Caïus. Mais elle ne s'applique pas au cas.

CALIGULA

Et, troisième crime, tu me prends pour un imbécile. Écoute-moi bien. De ces trois crimes, un seul est honorable pour toi, le second — parce que dès l'instant où tu me prêtes une décision et la contrecarres, cela implique une révolte chez toi. Tu es un meneur d'hommes, un révolutionnaire. Cela est bien. (*Tristement.*) Je t'aime beaucoup, Mereia. C'est pourquoi tu seras condamné pour ton second crime et non pour les autres. Tu vas mourir virilement, pour t'être révolté.

> *Pendant tout ce discours, Mereia se rapetisse peu à peu sur son siège.*

Ne me remercie pas. C'est tout naturel.
Tiens (*Il lui tend une fiole et aimablement.*) Bois
ce poison.

> *Mereia, secoué de sanglots, refuse de la*
> *tête. S'impatientant.*

Allons, allons.

> *Mereia tente alors de s'enfuir. Mais Cali-*
> *gula, d'un bond sauvage, l'atteint au milieu*
> *de la scène, le jette sur un siège bas et, après*
> *une lutte de quelques instants, lui enfonce la*
> *fiole entre les dents et la brise à coups de*
> *poing. Après quelques soubresauts, le visage*
> *plein d'eau et de sang, Mereia meurt.*
> *Caligula se relève et s'essuie machinale-*
> *ment les mains.*
> *A Cæsonia, lui donnant un fragment de la*
> *fiole de Mereia.*

Qu'est-ce que c'est? Un contrepoison?

> CÆSONIA, *avec calme.*

Non, Caligula. C'est un remède contre
l'asthme.

> CALIGULA, *regardant Mereia,*
> *après un silence.*

Cela ne fait rien. Cela revient au même. Un
peu plus tôt, un peu plus tard...

> *Il sort brusquement, d'un air affairé, en*
> *s'essuyant toujours les mains.*

SCÈNE XI

LEPIDUS, *atterré.*

Que faut-il faire?

CÆSONIA, *avec simplicité.*

D'abord, retirer le corps, je crois. Il est trop laid!

> *Cherea et Lepidus prennent le corps et le tirent en coulisse.*

LEPIDUS, *à Cherea.*

Il faudra faire vite.

CHEREA

Il faut être deux cents.

> *Entre le jeune Scipion. Apercevant Cæsonia, il a un geste pour repartir.*

SCÈNE XII

CÆSONIA

Viens ici.

LE JEUNE SCIPION

Que veux-tu?

CÆSONIA

Approche.

Elle lui relève le menton et le regarde dans les yeux. Un temps.
Froidement.

Il a tué ton père?

LE JEUNE SCIPION

Oui.

CÆSONIA

Tu le hais?

LE JEUNE SCIPION

Oui.

CÆSONIA

Tu veux le tuer?

LE JEUNE SCIPION

Oui.

CÆSONIA, *le lâchant.*

Alors, pourquoi me le dis-tu?

LE JEUNE SCIPION

Parce que je ne crains personne. Le tuer ou être tué, c'est deux façons d'en finir. D'ailleurs, tu ne me trahiras pas.

CÆSONIA

Tu as raison, je ne te trahirai pas. Mais je veux te dire quelque chose — ou plutôt, je voudrais parler à ce qu'il y a de meilleur en toi.

LE JEUNE SCIPION

Ce que j'ai de meilleur en moi, c'est ma haine.

CÆSONIA

Écoute-moi seulement. C'est une parole à la fois difficile et évidente que je veux te dire. Mais c'est une parole qui, si elle était vraiment écoutée, accomplirait la seule révolution définitive de ce monde.

LE JEUNE SCIPION

Alors, dis-la.

CÆSONIA

Pas encore. Pense d'abord au visage révulsé de ton père à qui on arrachait la langue. Pense à cette bouche pleine de sang et à ce cri de bête torturée.

LE JEUNE SCIPION

Oui.

CÆSONIA

Pense maintenant à Caligula.

LE JEUNE SCIPION,
avec tout l'accent de la haine.

Oui.

CÆSONIA

Écoute maintenant : essaie de le comprendre.

Elle sort, laissant le jeune Scipion désemparé. Entre Hélicon.

SCÈNE XIII

HÉLICON

Caligula revient : si vous alliez manger, poète?

LE JEUNE SCIPION

Hélicon! Aide-moi.

HÉLICON

C'est dangereux, ma colombe. Et je n'entends rien à la poésie.

LE JEUNE SCIPION

Tu pourrais m'aider. Tu sais beaucoup de choses.

HÉLICON

Je sais que les jours passent et qu'il faut se hâter de manger. Je sais aussi que tu pourrais tuer Caligula... et qu'il ne le verrait pas d'un mauvais œil.

Entre Caligula. Sort Hélicon.

SCÈNE XIV

CALIGULA

Ah! c'est toi.

Il s'arrête, un peu comme s'il cherchait une contenance.

Il y a longtemps que je ne t'ai vu. (*Avançant lentement vers lui.*) Qu'est-ce que tu fais? Tu écris toujours? Est-ce que tu peux me montrer tes dernières pièces?

LE JEUNE SCIPION,
*mal à l'aise, lui aussi, partagé entre sa haine
et il ne sait pas quoi.*

J'ai écrit des poèmes, César.

CALIGULA

Sur quoi?

LE JEUNE SCIPION

Je ne sais pas, César. Sur la nature, je crois.

CALIGULA, *plus à l'aise.*

Beau sujet. Et vaste. Qu'est-ce qu'elle t'a fait, la nature?

LE JEUNE SCIPION, *se reprenant,
d'un air ironique et mauvais.*

Elle me console de n'être pas César.

CALIGULA

Ah! et crois-tu qu'elle pourrait me consoler de l'être?

LE JEUNE SCIPION, *même jeu.*

Ma foi, elle a guéri des blessures plus graves.

CALIGULA, *étrangement simple.*

Blessure? Tu dis cela avec méchanceté. Est-ce parce que j'ai tué ton père? Si tu savais pourtant comme le mot est juste. Blessure!

(*Changeant de ton.*) Il n'y a que la haine pour rendre les gens intelligents.

LE JEUNE SCIPION, *raidi.*

J'ai répondu à ta question sur la nature.

> *Caligula s'assied, regarde Scipion, puis lui prend brusquement les mains et l'attire de force à ses pieds. Il lui prend le visage dans ses mains.*

CALIGULA

Récite-moi ton poème.

LE JEUNE SCIPION

Je t'en prie, César, non.

CALIGULA

Pourquoi?

LE JEUNE SCIPION

Je ne l'ai pas sur moi.

CALIGULA

Ne t'en souviens-tu pas?

LE JEUNE SCIPION

Non.

CALIGULA

Dis-moi du moins ce qu'il contient.

LE JEUNE SCIPION, *toujours raidi et comme à regret.*

J'y parlais...

CALIGULA

Eh bien?

LE JEUNE SCIPION

Non, je ne sais pas...

CALIGULA

Essaie...

LE JEUNE SCIPION

J'y parlais d'un certain accord de la terre...

CALIGULA,
l'interrompant, d'un ton absorbé.

... de la terre et du pied.

LE JEUNE SCIPION, *surpris, hésite et continue.*

Oui, c'est à peu près cela...

CALIGULA

Continue.

LE JEUNE SCIPION

... et aussi de la ligne des collines romaines et de cet apaisement fugitif et bouleversant qu'y ramène le soir...

CALIGULA

... Du cri des martinets dans le ciel vert.

LE JEUNE SCIPION, *s'abandonnant un peu plus.*

Oui, encore.

CALIGULA

Eh bien?

LE JEUNE SCIPION

Et de cette minute subtile où le ciel encore plein d'or brusquement bascule et nous montre en un instant son autre face, gorgée d'étoiles luisantes.

CALIGULA

De cette odeur de fumée, d'arbres et d'eaux qui monte alors de la terre vers la nuit.

LE JEUNE SCIPION, *tout entier*.

... Le cri des cigales et la retombée des chaleurs, les chiens, les roulements des derniers chars, les voix des fermiers...

CALIGULA

... Et les chemins noyés d'ombre dans les lentisques et les oliviers...

LE JEUNE SCIPION

Oui, oui. C'est tout cela ! Mais comment l'as-tu appris ?

CALIGULA,
pressant le jeune Scipion contre lui.

Je ne sais pas. Peut-être parce que nous aimons les mêmes vérités.

LE JEUNE SCIPION, *frémissant, cache sa tête
contre la poitrine de Caligula.*

Oh ! qu'importe, puisque tout prend en moi le visage de l'amour !

CALIGULA, *toujours caressant.*

C'est la vertu des grands cœurs, Scipion. Si, du moins, je pouvais connaître ta transparence ! Mais je sais trop la force de ma passion pour la vie, elle ne se satisfera pas de la nature. Tu ne peux pas comprendre cela. Tu es d'un autre monde. Tu es pur dans le bien, comme je suis pur dans le mal.

LE JEUNE SCIPION

Je peux comprendre.

CALIGULA

Non. Ce quelque chose en moi, ce lac de silence, ces herbes pourries. (*Changeant brusquement de ton.*) Ton poème doit être beau. Mais si tu veux mon avis...

LE JEUNE SCIPION, *même jeu.*

Oui.

CALIGULA

Tout cela manque de sang.

> *Scipion se rejette brusquement en arrière et regarde Caligula avec horreur. Toujours reculant, il parle d'une voix sourde, devant Caligula qu'il regarde avec intensité.*

LE JEUNE SCIPION

Oh! le monstre, l'infect monstre. Tu as encore joué. Tu viens de jouer, hein? Et tu es content de toi?

CALIGULA, *avec un peu de tristesse.*

Il y a du vrai dans ce que tu dis. J'ai joué.

LE JEUNE SCIPION, *même jeu.*

Quel cœur ignoble et ensanglanté tu dois avoir. Oh! comme tant de mal et de haine doivent te torturer!

CALIGULA, *doucement.*

Tais-toi, maintenant.

LE JEUNE SCIPION

Comme je te plains et comme je te hais!

CALIGULA, *avec colère.*

Tais-toi.

LE JEUNE SCIPION

Et quelle immonde solitude doit être la tienne!

CALIGULA, *éclatant, se jette sur lui
et le prend au collet; il le secoue.*

La solitude! Tu la connais, toi, la solitude? Celle des poètes et des impuissants. La solitude? Mais laquelle? Ah! tu ne sais pas que seul, on ne l'est jamais! Et que partout le même poids d'avenir et de passé nous accompagne! Les êtres qu'on a tués sont avec nous. Et pour ceux-là, ce serait encore facile. Mais ceux qu'on a aimés, ceux qu'on n'a pas aimés et qui vous ont aimé, les regrets, le désir, l'amertume et la douceur, les putains et la clique des dieux. (*Il le lâche et recule vers sa place.*) Seul! Ah! si du moins, au lieu de cette solitude empoisonnée de présences qui est la mienne, je pouvais goûter la vraie, le silence et le tremblement d'un arbre! (*Assis, avec une soudaine lassitude.*) La solitude! Mais non, Scipion. Elle est peuplée de grincements de dents et tout entière retentissante de bruits et de clameurs perdues. Et près des femmes que je caresse, quand la nuit se referme sur nous et que je crois, éloigné de ma chair enfin contentée, saisir un peu de moi entre la vie et la mort, ma solitude entière s'emplit de l'aigre odeur du plaisir aux aisselles de la femme qui sombre encore à mes côtés.

> *Il a l'air exténué. Long silence.*

> *Le jeune Scipion passe derrière Caligula et s'approche, hésitant. Il tend une main vers Caligula et la pose sur son épaule. Caligula, sans se retourner, la couvre d'une des siennes.*

LE JEUNE SCIPION

Tous les hommes ont une douceur dans la vie. Cela les aide à continuer. C'est vers elle qu'ils se retournent quand ils se sentent trop usés.

CALIGULA

C'est vrai, Scipion.

LE JEUNE SCIPION

N'y a-t-il donc rien dans la tienne qui soit semblable, l'approche des larmes, un refuge silencieux?

CALIGULA

Si, pourtant.

LE JEUNE SCIPION

Et quoi donc?

CALIGULA, *lentement.*

Le mépris.

RIDEAU

ACTE III

SCÈNE PREMIÈRE

Avant le lever du rideau, bruit de cymbales et de caisse. Le rideau s'ouvre sur une sorte de parade foraine. Au centre, une tenture devant laquelle, sur une petite estrade, se trouvent Hélicon et Cæsonia. Les cymbalistes de chaque côté. Assis sur des sièges, tournant le dos aux spectateurs, quelques patriciens et le jeune Scipion.

HÉLICON, *récitant sur le ton de la parade.*

Approchez! Approchez! (*Cymbales.*) Une fois de plus, les dieux sont descendus sur terre. Caïus, César et dieu, surnommé Caligula, leur a prêté sa forme tout humaine. Approchez, grossiers mortels, le miracle sacré s'opère devant nos yeux. Par une faveur particulière au règne béni de Caligula, les secrets divins sont offerts à tous les yeux.

Cymbales.

CÆSONIA

Approchez, Messieurs! Adorez et donnez votre obole. Le mystère céleste est mis aujourd'hui à la portée de toutes les bourses.

Cymbales.

HÉLICON

L'Olympe et ses coulisses, ses intrigues, ses pantoufles et ses larmes. Approchez! Approchez! Toute la vérité sur vos dieux!

Cymbales.

CÆSONIA

Adorez et donnez votre obole. Approchez, Messieurs. La représentation va commencer.

Cymbales. Mouvements d'esclaves qui apportent divers objets sur l'estrade.

HÉLICON

Une reconstitution impressionnante de vérité, une réalisation sans précédent. Les décors majestueux de la puissance divine ramenés sur terre, une attraction sensationnelle et démesurée, la foudre (*les esclaves allument des feux grégeois*), le tonnerre (*on roule un tonneau plein de cailloux*), le destin lui-même dans sa marche triomphale. Approchez et contemplez!

Il tire la tenture et Caligula costumé en Vénus grotesque apparaît sur un piédestal.

CALIGULA, *aimable.*

Aujourd'hui, je suis Vénus.

CÆSONIA

L'adoration commence. Prosternez-vous (*tous, sauf Scipion, se prosternent*) et répétez après moi la prière sacrée à Caligula-Vénus :
« Déesse des douleurs et de la danse... »

LES PATRICIENS

« Déesse des douleurs et de la danse... »

CÆSONIA

« Née des vagues, toute visqueuse et amère dans le sel et l'écume... »

LES PATRICIENS

« Née des vagues, toute visqueuse et amère dans le sel et l'écume... »

CÆSONIA

« Toi qui es comme un rire et un regret... »

LES PATRICIENS

« Toi qui es comme un rire et un regret... »

CÆSONIA

« ... une rancœur et un élan... »

LES PATRICIENS

« ... une rancœur et un élan... »

CÆSONIA

« Enseigne-nous l'indifférence qui fait renaître les amours... »

LES PATRICIENS

« Enseigne-nous l'indifférence qui fait renaître les amours... »

CÆSONIA

« Instruis-nous de la vérité de ce monde qui est de n'en point avoir... »

LES PATRICIENS

« Instruis-nous de la vérité de ce monde qui est de n'en point avoir... »

CÆSONIA

« Et accorde-nous la force de vivre à la hauteur de cette vérité sans égale... »

LES PATRICIENS

« Et accorde-nous la force de vivre à la hauteur de cette vérité sans égale... »

CÆSONIA

Pause !

LES PATRICIENS

Pause !

CÆSONIA, *reprenant.*

« Comble-nous de tes dons, répands sur nos visages ton impartiale cruauté, ta haine tout objective ; ouvre au-dessus de nos yeux tes mains pleines de fleurs et de meurtres. »

LES PATRICIENS

« ... tes mains pleines de fleurs et de meurtres. »

CÆSONIA

« Accueille tes enfants égarés. Reçois-les dans l'asile dénudé de ton amour indifférent et douloureux. Donne-nous tes passions sans objet, tes douleurs privées de raison et tes joies sans avenir... »

LES PATRICIENS

« ... et tes joies sans avenir... »

CÆSONIA, *très haut.*

« Toi, si vide et si brûlante, inhumaine, mais si terrestre, enivre-nous du vin de ton équivalence et rassasie-nous pour toujours dans ton cœur noir et salé. »

LES PATRICIENS

« Enivre-nous du vin de ton équivalence et rassasie-nous pour toujours dans ton cœur noir et salé. »

Quand la dernière phrase a été prononcée par les patriciens, Caligula, jusque-là immobile, s'ébroue et d'une voix de stentor :

CALIGULA

Accordé, mes enfants, vos vœux seront exaucés.

Il s'assied en tailleur sur le piédestal. Un à un, les patriciens se prosternent, versent leur obole et se rangent à droite avant de disparaître. Le dernier, troublé, oublie son obole et se retire. Mais Caligula, d'un bond, se remet debout.

Hep! Hep! Viens ici, mon garçon. Adorer, c'est bien, mais enrichir, c'est mieux. Merci. Cela va bien. Si les dieux n'avaient pas d'autres richesses que l'amour des mortels, ils seraient aussi pauvres que le pauvre Caligula. Et maintenant, messieurs, vous allez pouvoir partir et répandre dans la ville l'étonnant miracle auquel il vous a été donné d'assister : vous avez vu

Vénus, ce qui s'appelle voir, avec vos yeux de
chair, et Vénus vous a parlé. Allez, messieurs.

Mouvement des patriciens.

Une seconde! En sortant, prenez le couloir de
gauche. Dans celui de droite, j'ai posté des
gardes pour vous assassiner.

> *Les patriciens sortent avec beaucoup d'em-*
> *pressement et un peu de désordre. Les*
> *esclaves et les musiciens disparaissent.*

SCÈNE II

Hélicon menace Scipion du doigt.

HÉLICON

Scipion, on a encore fait l'anarchiste!

SCIPION, *à Caligula.*

Tu as blasphémé, Caïus.

HÉLICON

Qu'est-ce que cela peut bien vouloir dire?

SCIPION

Tu souilles le ciel après avoir ensanglanté la
terre.

HÉLICON

Ce jeune homme adore les grands mots.

Il va se coucher sur un divan.

CÆSONIA, *très calme.*

Comme tu y vas, mon garçon; il y a en ce moment, dans Rome, des gens qui meurent pour des discours beaucoup moins éloquents.

SCIPION

J'ai décidé de dire la vérité à Caïus.

CÆSONIA

Eh bien, Caligula, cela manquait à ton règne, une belle figure morale!

CALIGULA, *intéressé.*

Tu crois donc aux dieux, Scipion?

SCIPION

Non.

CALIGULA

Alors, je ne comprends pas : pourquoi es-tu si prompt à dépister les blasphèmes?

SCIPION

Je puis nier une chose sans me croire obligé de la salir ou de retirer aux autres le droit d'y croire.

CALIGULA

Mais c'est de la modestie, cela, de la vraie modestie! Oh! cher Scipion, que je suis content pour toi. Et envieux, tu sais... Car c'est le seul sentiment que je n'éprouverai peut-être jamais.

SCIPION

Ce n'est pas moi que tu jalouses, ce sont les dieux eux-mêmes.

CALIGULA

Si tu le veux bien, cela restera comme le grand secret de mon règne. Tout ce qu'on peut me reprocher aujourd'hui, c'est d'avoir fait encore un petit progrès sur la voie de la puissance et de la liberté. Pour un homme qui aime le pouvoir, la rivalité des dieux a quelque chose d'agaçant. J'ai supprimé cela. J'ai prouvé à ces dieux illusoires qu'un homme, s'il en a la volonté, peut exercer, sans apprentissage, leur métier ridicule.

SCIPION

C'est cela le blasphème, Caïus.

CALIGULA

Non, Scipion, c'est de la clairvoyance. J'ai simplement compris qu'il n'y a qu'une façon de s'égaler aux dieux : il suffit d'être aussi cruel qu'eux.

SCIPION

Il suffit de se faire tyran.

CALIGULA

Qu'est-ce qu'un tyran ?

SCIPION

Une âme aveugle.

CALIGULA

Cela n'est pas sûr, Scipion. Mais un tyran est un homme qui sacrifie des peuples à ses idées ou à son ambition. Moi, je n'ai pas d'idées et je n'ai plus rien à briguer en fait d'honneurs et de

pouvoir. Si j'exerce ce pouvoir, c'est par com-
pensation.

SCIPION

A quoi?

CALIGULA

A la bêtise et à la haine des dieux.

SCIPION

La haine ne compense pas la haine. Le
pouvoir n'est pas une solution. Et je ne connais
qu'une façon de balancer l'hostilité du monde.

CALIGULA

Quelle est-elle?

SCIPION

La pauvreté.

CALIGULA, *soignant ses pieds.*

Il faudra que j'essaie de celle-là aussi.

SCIPION

En attendant, beaucoup d'hommes meurent
autour de toi.

CALIGULA

Si peu, Scipion, vraiment. Sais-tu combien
de guerres j'ai refusées?

SCIPION

Non.

CALIGULA

Trois. Et sais-tu pourquoi je les ai refusées?

SCIPION

Parce que tu fais fi de la grandeur de Rome.

GALIGULA

Non, parce que je respecte la vie humaine.

SCIPION

Tu te moques de moi, Caïus.

CALIGULA

Ou, du moins, je la respecte plus que je ne respecte un idéal de conquête. Mais il est vrai que je ne la respecte pas plus que je ne respecte ma propre vie. Et s'il m'est facile de tuer, c'est qu'il ne m'est pas difficile de mourir. Non, plus j'y réfléchis et plus je me persuade que je ne suis pas un tyran.

SCIPION

Qu'importe si cela nous coûte aussi cher que si tu l'étais.

CALIGULA, *avec un peu d'impatience.*

Si tu savais compter, tu saurais que la moindre guerre entreprise par un tyran raisonnable vous coûterait mille fois plus cher que les caprices de ma fantaisie.

SCIPION

Mais, du moins, ce serait raisonnable et l'essentiel est de comprendre.

CALIGULA

On ne comprend pas le destin et c'est pourquoi je me suis fait destin. J'ai pris le visage bête et incompréhensible des dieux. C'est cela que tes compagnons de tout à l'heure ont appris à adorer.

SCIPION

Et c'est cela le blasphème, Caïus.

CALIGULA

Non, Scipion, c'est de l'art dramatique! L'erreur de tous ces hommes, c'est de ne pas croire assez au théâtre. Ils sauraient sans cela qu'il est permis à tout homme de jouer les tragédies célestes et de devenir dieu. Il suffit de se durcir le cœur.

SCIPION

Peut-être, en effet, Caïus. Mais si cela est vrai, je crois qu'alors tu as fait le nécessaire pour qu'un jour, autour de toi, des légions de dieux humains se lèvent, implacables à leur tour, et noient dans le sang ta divinité d'un moment.

CÆSONIA

Scipion!

CALIGULA, *d'une voix précise et dure.*

Laisse, Cæsonia. Tu ne crois pas si bien dire, Scipion : j'ai fait le nécessaire. J'imagine difficilement le jour dont tu parles. Mais j'en rêve quelquefois. Et sur tous les visages qui s'avancent alors du fond de la nuit amère, dans leurs traits tordus par la haine et l'angoisse, je reconnais, en effet, avec ravissement, le seul dieu que j'aie adoré en ce monde : misérable et lâche comme le cœur humain. (*Irrité.*) Et maintenant, va-t'en. Tu en as beaucoup trop dit. (*Changeant de ton.*) J'ai encore les doigts de mes pieds à rougir. Cela presse.

> *Tous sortent, sauf Hélicon, qui tourne en rond autour de Caligula, absorbé par les soins de ses pieds.*

SCÈNE III

CALIGULA

Hélicon!

HÉLICON

Qu'y a-t-il?

CALIGULA

Ton travail avance?

HÉLICON

Quel travail?

CALIGULA

Eh bien!... la lune!

HÉLICON

Ça progresse. C'est une question de patience. Mais je voudrais te parler.

CALIGULA

J'aurais peut-être de la patience, mais je n'ai pas beaucoup de temps. Il faut faire vite, Hélicon.

HÉLICON

Je te l'ai dit, je ferai pour le mieux. Mais auparavant, j'ai des choses graves à t'apprendre.

CALIGULA, *comme s'il n'avait pas entendu.*

Remarque que je l'ai déjà eue.

HÉLICON

Qui?

CALIGULA

La lune.

HÉLICON

Oui, naturellement. Mais sais-tu que l'on complote contre ta vie?

CALIGULA

Je l'ai eue tout à fait même. Deux ou trois fois seulement, il est vrai. Mais tout de même, je l'ai eue.

HÉLICON

Voilà bien longtemps que j'essaie de te parler.

CALIGULA

C'était l'été dernier. Depuis le temps que je la regardais et que je la caressais sur les colonnes du jardin, elle avait fini par comprendre.

HÉLICON

Cessons ce jeu, Caïus. Si tu ne veux pas m'écouter, mon rôle est de parler quand même. Tant pis si tu n'entends pas.

CALIGULA, *toujours occupé à rougir ses ongles du pied.*

Ce vernis ne vaut rien. Mais pour en revenir à la lune, c'était pendant une belle nuit d'août. (*Hélicon se détourne avec dépit et se tait, immobile.*) Elle a fait quelques façons. J'étais déjà couché. Elle était d'abord toute sanglante, au-dessus de l'horizon. Puis elle a commencé à monter, de plus en plus légère, avec une rapidité croissante. Plus elle montait, plus elle devenait claire. Elle est devenue comme un lac d'eau laiteuse au milieu de cette nuit pleine de froissements d'étoiles. Elle est arrivée alors dans la chaleur, douce, légère et nue. Elle a franchi le seuil de la chambre et, avec sa lenteur sûre, est arrivée jusqu'à mon lit, s'y est coulée et m'a inondé de ses sourires et de son éclat. — Décidément, ce vernis ne vaut rien. Mais tu vois, Hélicon, je puis dire sans me vanter que je l'ai eue.

HÉLICON

Veux-tu m'écouter et connaître ce qui te menace ?

CALIGULA, *s'arrête et le regarde fixement.*

Je veux seulement la lune, Hélicon. Je sais d'avance ce qui me tuera. Je n'ai pas encore épuisé tout ce qui peut me faire vivre. C'est pourquoi je veux la lune. Et tu ne reparaîtras pas ici avant de me l'avoir procurée.

HÉLICON

Alors, je ferai mon devoir et je dirai ce que j'ai à dire. Un complot s'est formé contre toi. Cherea en est le chef. J'ai surpris cette tablette qui peut t'apprendre l'essentiel. Je la dépose ici.

Hélicon dépose la tablette sur un des sièges et se retire.

CALIGULA

Où vas-tu, Hélicon?

HÉLICON, *sur le seuil.*

Te chercher la lune.

SCÈNE IV

On gratte à la porte opposée. Caligula se retourne brusquement et aperçoit le vieux patricien.

LE VIEUX PATRICIEN, *hésitant.*

Tu permets, Caïus?

CALIGULA, *impatient.*

Eh bien! entre. (*Le regardant.*) Alors, ma jolie, on vient revoir Vénus!

LE VIEUX PATRICIEN

Non, ce n'est pas cela. Chut! Oh! pardon, Caïus... je veux dire... Tu sais que je t'aime beaucoup... et puis je ne demande qu'à finir mes vieux jours dans la tranquillité...

CALIGULA

Pressons! Pressons!

LE VIEUX PATRICIEN

Oui, bon. Enfin... (*Très vite.*) C'est très grave, voilà tout.

CALIGULA

Non, ce n'est pas grave.

LE VIEUX PATRICIEN

Mais quoi donc, Caïus?

CALIGULA

Mais de quoi parlons-nous, mon amour?

LE VIEUX PATRICIEN,
il regarde autour de lui.

C'est-à-dire... (*Il se tortille et finit par exploser.*) Un complot contre toi...

CALIGULA

Tu vois bien, c'est ce que je disais, ce n'est pas grave du tout.

LE VIEUX PATRICIEN

Caïus, ils veulent te tuer.

CALIGULA
va vers lui et le prend aux épaules.

Sais-tu pourquoi je ne puis pas te croire?

LE VIEUX PATRICIEN, *faisant le geste de jurer.*

Par tous les dieux, Caïus...

CALIGULA, *doucement*
et le poussant peu à peu vers la porte.

Ne jure pas, surtout, ne jure pas. Écoute plutôt. Si ce que tu dis était vrai, il me faudrait supposer que tu trahis tes amis, n'est-ce pas?

LE VIEUX PATRICIEN, *un peu perdu.*

C'est-à-dire, Caïus, que mon amour pour toi...

CALIGULA, *du même ton.*

Et je ne puis pas supposer cela. J'ai tant détesté la lâcheté que je ne pourrais jamais me retenir de faire mourir un traître. Je sais bien ce que tu vaux, moi. Et, assurément, tu ne voudras ni trahir ni mourir.

LE VIEUX PATRICIEN

Assurément, Caïus, assurément!

CALIGULA

Tu vois donc que j'avais raison de ne pas te croire. Tu n'es pas un lâche, n'est-ce pas?

LE VIEUX PATRICIEN

Oh! non...

CALIGULA

Ni un traître?

LE VIEUX PATRICIEN

Cela va sans dire, Caïus.

CALIGULA

Et, par conséquent, il n'y a pas de complot, dis-moi, ce n'était qu'une plaisanterie?

LE VIEUX PATRICIEN, *décomposé.*

Une plaisanterie, une simple plaisanterie...

CALIGULA

Personne ne veut me tuer, cela est évident?

LE VIEUX PATRICIEN

Personne, bien sûr, personne.

CALIGULA,
respirant fortement, puis lentement.

Alors, disparais, ma jolie. Un homme d'honneur est un animal si rare en ce monde que je ne pourrais pas en supporter la vue trop longtemps. Il faut que je reste seul pour savourer ce grand moment.

SCÈNE V

Caligula contemple un moment la tablette de sa place. Il la saisit et la lit. Il respire fortement et appelle un garde.

CALIGULA

Amène Cherea.

Le garde sort.

Un moment.

Le garde s'arrête.

Avec des égards.

Le garde sort.

Caligula marche un peu de long en large. Puis il se dirige vers le miroir.

Tu avais décidé d'être logique, idiot. Il s'agit seulement de savoir jusqu'où cela ira. (*Ironique.*) Si l'on t'apportait la lune, tout serait changé, n'est-ce pas? Ce qui est impossible deviendrait possible et du même coup, en une fois, tout serait transfiguré. Pourquoi pas, Caligula? Qui peut le savoir? (*Il regarde autour de lui.*) Il y a de moins en moins de monde autour de moi, c'est curieux. (*Au miroir, d'une voix sourde.*) Trop de morts, trop de morts, cela dégarnit. Même si l'on m'apportait la lune, je ne pourrais pas revenir en arrière. Même si les morts frémissaient à nouveau sous la caresse du soleil, les meurtres ne rentreraient pas sous terre pour autant. (*Avec un accent furieux.*) La logique, Caligula, il faut poursuivre la logique.

Le pouvoir jusqu'au bout, l'abandon jusqu'au bout. Non, on ne revient pas en arrière et il faut aller jusqu'à la consommation !

Entre Cherea.

SCÈNE VI

Caligula, renversé un peu dans son siège, est engoncé dans son manteau. Il a l'air exténué.

CHEREA

Tu m'as demandé, Caïus ?

CALIGULA, *d'une voix faible.*

Oui, Cherea. Gardes ! Des flambeaux !

Silence.

CHEREA

Tu as quelque chose de particulier à me dire ?

CALIGULA

Non, Cherea.

Silence.

CHEREA, *un peu agacé.*

Tu es sûr que ma présence est nécessaire ?

CALIGULA

Absolument sûr, Cherea.

Encore un temps de silence.
Soudain empressé.

Mais, excuse-moi. Je suis distrait et te reçois bien mal. Prends ce siège et devisons en amis. J'ai besoin de parler un peu à quelqu'un d'intelligent.

> *Cherea s'assied.*
> *Naturel, il semble, pour la première fois depuis le début de la pièce.*

Cherea, crois-tu que deux hommes dont l'âme et la fierté sont égales peuvent, au moins une fois dans leur vie, se parler de tout leur cœur — comme s'ils étaient nus l'un devant l'autre, dépouillés des préjugés, des intérêts particuliers et des mensonges dont ils vivent?

CHEREA

Je pense que cela est possible, Caïus. Mais je crois que tu en es incapable.

CALIGULA

Tu as raison. Je voulais seulement savoir si tu pensais comme moi. Couvrons-nous donc de masques. Utilisons nos mensonges. Parlons comme on se bat, couverts jusqu'à la garde. Cherea, pourquoi ne m'aimes-tu pas?

CHEREA

Parce qu'il n'y a rien d'aimable en toi, Caïus. Parce que ces choses ne se commandent pas. Et aussi, parce que je te comprends trop bien et qu'on ne peut aimer celui de ses visages qu'on essaie de masquer en soi.

CALIGULA

Pourquoi me haïr?

CHEREA

Ici, tu te trompes, Caïus. Je ne te hais pas. Je te juge nuisible et cruel, égoïste et vaniteux. Mais je ne puis pas te haïr puisque je ne te crois pas heureux. Et je ne puis pas te mépriser puisque je sais que tu n'es pas lâche.

CALIGULA

Alors, pourquoi veux-tu me tuer?

CHEREA

Je te l'ai dit : je te juge nuisible. J'ai le goût et le besoin de la sécurité. La plupart des hommes sont comme moi. Ils sont incapables de vivre dans un univers où la pensée la plus bizarre peut en une seconde entrer dans la réalité — où, la plupart du temps, elle y entre, comme un couteau dans un cœur. Moi non plus, je ne veux pas vivre dans un tel univers. Je préfère me tenir bien en main.

CALIGULA

La sécurité et la logique ne vont pas ensemble.

CHEREA

Il est vrai. Cela n'est pas logique, mais cela est sain.

CALIGULA

Continue.

CHEREA

Je n'ai rien de plus à dire. Je ne veux pas entrer dans ta logique. J'ai une autre idée de mes devoirs d'homme. Je sais que la plupart de tes sujets pensent comme moi. Tu es gênant pour tous. Il est naturel que tu disparaisses.

CALIGULA

Tout cela est très clair et très légitime. Pour la plupart des hommes, ce serait même évident. Pas pour toi, cependant. Tu es intelligent et l'intelligence se paie cher ou se nie. Moi, je paie. Mais toi, pourquoi ne pas la nier et ne pas vouloir payer?

CHEREA

Parce que j'ai envie de vivre et d'être heureux. Je crois qu'on ne peut être ni l'un ni l'autre en poussant l'absurde dans toutes ses conséquences. Je suis comme tout le monde. Pour m'en sentir libéré, je souhaite parfois la mort de ceux que j'aime, je convoite des femmes que les lois de la famille ou de l'amitié m'interdisent de convoiter. Pour être logique, je devrais alors tuer ou posséder. Mais je juge que ces idées vagues n'ont pas d'importance. Si tout le monde se mêlait de les réaliser, nous ne pourrions ni vivre ni être heureux. Encore une fois, c'est cela qui m'importe.

CALIGULA

Il faut donc que tu croies à quelque idée supérieure.

CHEREA

Je crois qu'il y a des· actions qui sont plus belles que d'autres.

CALIGULA

Je crois que toutes sont équivalentes.

CHEREA

Je le sais, Caïus, et c'est pourquoi je ne te
haïs pas. Mais tu es gênant et il faut que tu
disparaisses.

CALIGULA

C'est très juste. Mais pourquoi me l'annoncer
et risquer ta vie?

CHEREA

Parce que d'autres me remplaceront et parce
que je n'aime pas mentir.

Silence.

CALIGULA

Cherea!

CHEREA

Oui, Caïus.

CALIGULA

Crois-tu que deux hommes dont l'âme et la
fierté sont égales peuvent, au moins une fois
dans leur vie, se parler de tout leur cœur?

CHEREA

Je crois que c'est ce que nous venons de faire.

CALIGULA

Oui, Cherea. Tu m'en croyais incapable,
pourtant.

CHEREA

J'avais tort, Caïus, je le reconnais et je te remercie. J'attends maintenant ta sentence.

CALIGULA, *distrait.*

Ma sentence? Ah! tu veux dire... (*Tirant la tablette de son manteau.*) Connais-tu cela, Cherea?

CHEREA

Je savais qu'elle était en ta possession.

CALIGULA, *de façon passionnée.*

Oui, Cherea, et ta franchise elle-même était simulée. Les deux hommes ne se sont pas parlé de tout leur cœur. Cela ne fait rien pourtant. Maintenant, nous allons cesser le jeu de la sincérité et recommencer à vivre comme par le passé. Il faut encore que tu essaies de comprendre ce que je vais te dire, que tu subisses mes offenses et mon humeur. Écoute, Cherea. Cette tablette est la seule preuve.

CHEREA

Je m'en vais, Caïus. Je suis lassé de tout ce jeu grimaçant. Je le connais trop et ne veux plus le voir.

CALIGULA, *de la même voix passionnée et attentive.*

Reste encore. C'est la preuve, n'est-ce pas?

CHEREA

Je ne crois pas que tu aies besoin de preuves pour faire mourir un homme.

CALIGULA

Il est vrai. Mais, pour une fois, je veux me contredire. Cela ne gêne personne. Et c'est si bon de se contredire de temps en temps. Cela repose. J'ai besoin de repos, Cherea.

CHEREA

Je ne comprends pas et je n'ai pas de goût pour ces complications.

CALIGULA

Bien sûr, Cherea. Tu es un homme sain, toi. Tu ne désires rien d'extraordinaire! (*Éclatant de rire.*) Tu veux vivre et être heureux. Seulement cela!

CHEREA

Je crois qu'il vaut mieux que nous en restions là.

CALIGULA

Pas encore. Un peu de patience, veux-tu? J'ai là cette preuve, regarde. Je veux considérer que je ne peux vous faire mourir sans elle. C'est mon idée et c'est mon repos. Eh bien! vois ce que deviennent les preuves dans la main d'un empereur.

> *Il approche la tablette d'un flambeau. Cherea le rejoint. Le flambeau les sépare. La tablette fond.*

Tu vois, conspirateur! Elle fond, et à mesure que cette preuve disparaît, c'est un matin d'innocence qui se lève sur ton visage. L'admirable front pur que tu as, Cherea. Que c'est beau, un innocent, que c'est beau! Admire ma puissance. Les dieux eux-mêmes ne peuvent pas rendre l'innocence sans auparavant punir. Et ton empereur n'a besoin que d'une flamme pour t'absoudre et t'encourager. Continue, Cherea, poursuis jusqu'au bout le magnifique raisonnement que tu m'as tenu. Ton empereur attend son repos. C'est sa manière à lui de vivre et d'être heureux.

Cherea regarde Caligula avec stupeur. Il a un geste à peine esquissé, semble comprendre, ouvre la bouche et part brusquement. Caligula continue de tenir la tablette dans la flamme et, souriant, suit Cherea du regard.

RIDEAU

ACTE IV

SCÈNE PREMIÈRE

La scène est dans une demi-obscurité. Entrent Cherea et Scipion. Cherea va à droite, puis à gauche et revient vers Scipion.

SCIPION, *l'air fermé.*

Que me veux-tu?

CHEREA

Le temps presse. Nous devons être fermes sur ce que nous allons faire.

SCIPION

Qui te dit que je ne suis pas ferme?

CHEREA

Tu n'es pas venu à notre réunion d'hier.

SCIPION, *se détournant.*

C'est vrai, Cherea.

CHEREA

Scipion, je suis plus âgé que toi et je n'ai pas coutume de demander du secours. Mais il est vrai que j'ai besoin de toi. Ce meurtre demande des répondants qui soient respectables. Au milieu de ces vanités blessées et de ces ignobles peurs, il n'y a que toi et moi dont les raisons soient pures. Je sais que si tu nous abandonnes, tu ne trahiras rien. Mais cela est indifférent. Ce que je désire, c'est que tu restes avec nous.

SCIPION

Je te comprends. Mais je te jure que je ne le puis pas.

CHEREA

Es-tu donc avec lui?

SCIPION

Non. Mais je ne puis être contre lui. (*Un temps, puis sourdement.*) Si je le tuais, mon cœur du moins serait avec lui.

CHEREA

Il a pourtant tué ton père!

SCIPION

Oui, c'est là que tout commence. Mais c'est là aussi que tout finit.

CHEREA

Il nie ce que tu avoues. Il bafoue ce que tu vénères.

SCIPION

C'est vrai, Cherea. Mais quelque chose en moi lui ressemble pourtant. La même flamme nous brûle le cœur.

CHEREA

Il est des heures où il faut choisir. Moi, j'ai fait taire en moi ce qui pouvait lui ressembler.

SCIPION

Je ne puis pas choisir puisqu'en plus de ce que je souffre, je souffre aussi de ce qu'il souffre. Mon malheur est de tout comprendre.

CHEREA

Alors tu choisis de lui donner raison.

SCIPION, *dans un cri.*

Oh! je t'en prie, Cherea, personne, plus personne pour moi n'aura jamais raison!

Un temps, ils se regardent.

CHEREA, *avec émotion, s'avançant vers Scipion.*

Sais-tu que je le hais plus encore pour ce qu'il a fait de toi?

SCIPION

Oui, il m'a appris à tout exiger.

CHEREA

Non, Scipion, il t'a désespéré. Et désespérer une jeune âme est un crime qui passe tous ceux qu'il a commis jusqu'ici. Je te jure que cela suffirait pour que je le tue avec emportement.

Il se dirige vers la sortie. Entre Hélicon.

SCÈNE II

HÉLICON

Je te cherchais, Cherea. Caligula organise ici une petite réunion amicale. Il faut que tu l'attendes. (*Il se tourne vers Scipion.*) Mais on n'a pas besoin de toi, mon pigeon. Tu peux partir.

SCIPION, *au moment de sortir,*
se tourne vers Cherea.

Cherea !

CHEREA, *très doucement.*

Oui, Scipion.

SCIPION

Essaie de comprendre.

CHEREA, *très doucement.*

Non, Scipion.

Scipion et Hélicon sortent.

SCÈNE III

Bruits d'armes en coulisse. Deux gardes paraissent, à droite, conduisant le vieux patricien et le premier patricien, qui donnent toutes les marques de la frayeur.

PREMIER PATRICIEN, *au garde, d'une voix
qu'il essaie de rendre ferme.*

Mais enfin, que nous veut-on à cette heure de la nuit ?

LE GARDE

Assieds-toi là.

Il désigne les sièges à droite.

PREMIER PATRICIEN

S'il s'agit de nous faire mourir, comme les autres, il n'y a pas besoin de tant d'histoires.

LE GARDE

Assieds-toi là, vieux mulet.

LE VIEUX PATRICIEN

Asseyons-nous. Cet homme ne sait rien. C'est visible.

LE GARDE

Oui, ma jolie, c'est visible.

Il sort.

PREMIER PATRICIEN

Il fallait agir vite, je le savais. Maintenant, c'est la torture qui nous attend.

SCÈNE IV

CHEREA, *calme et s'asseyant.*

De quoi s'agit-il ?

PREMIER PATRICIEN ET LE VIEUX PATRICIEN, *ensemble.*

La conjuration est découverte.

CHEREA

Ensuite?

LE VIEUX PATRICIEN, *tremblant.*

C'est la torture.

CHEREA, *impassible.*

Je me souviens que Caligula a donné quatre-vingt-un mille sesterces à un esclave voleur que la torture n'avait pas fait avouer.

PREMIER PATRICIEN

Nous voilà bien avancés.

CHEREA

Non, mais c'est une preuve qu'il aime le courage. Et vous devriez en tenir compte. (*Au vieux patricien.*) Cela ne te ferait rien de ne pas claquer des dents ainsi? J'ai ce bruit en horreur.

LE VIEUX PATRICIEN

C'est que...

PREMIER PATRICIEN

Assez d'histoires. C'est notre vie que nous jouons.

CHEREA, *sans broncher.*

Connaissez-vous le mot favori de Caligula?

LE VIEUX PATRICIEN, *prêt aux larmes.*

Oui. Il le dit au bourreau : « Tue-le lentement pour qu'il se sente mourir. »

CHEREA

Non, c'est mieux. Après une exécution, il bâille et dit avec sérieux : « Ce que j'admire le plus, c'est mon insensibilité. »

PREMIER PATRICIEN

Vous entendez ?

Bruit d'armes.

CHEREA

Ce mot-là révèle un faible.

LE VIEUX PATRICIEN

Cela ne te ferait rien de ne pas faire de philosophie ? Je l'ai en horreur.

Entre, dans le fond, un esclave qui apporte des armes et les range sur un siège.

CHEREA, *qui ne l'a pas vu.*

Reconnaissons au moins que cet homme exerce une indéniable influence. Il force à penser. Il force tout le monde à penser. L'insécurité, voilà ce qui fait penser. Et c'est pourquoi tant de haines le poursuivent.

LE VIEUX PATRICIEN, *tremblant.*

Regarde.

CHEREA, *apercevant les armes, sa voix change un peu.*

Tu avais peut-être raison.

PREMIER PATRICIEN

Il fallait faire vite. Nous avons trop attendu.

CHEREA

Oui. C'est une leçon qui vient un peu tard.

LE VIEUX PATRICIEN

Mais c'est insensé. Je ne veux pas mourir.

Il se lève et veut s'échapper. Deux gardes surgissent et le maintiennent de force après l'avoir giflé. Le premier patricien s'écrase sur son siège. Cherea dit quelques mots qu'on n'entend pas. Soudain, une étrange musique aigre, sautillante, de sistres et de cymbales, éclate au fond. Les patriciens font silence et regardent. Caligula, en robe courte de danseuse, des fleurs sur la tête, paraît en ombre chinoise, derrière le rideau du fond, mime quelques gestes ridicules de danse et s'éclipse. Aussitôt après, un garde dit, d'une voix solennelle : « Le spectacle est terminé. » Pendant ce temps, Cæsonia est entrée silencieusement derrière les spectateurs. Elle parle d'une voix neutre qui les fait cependant sursauter.

SCÈNE V

CÆSONIA

Caligula m'a chargée de vous dire qu'il vous faisait appeler jusqu'ici pour les affaires de l'État, mais qu'aujourd'hui, il vous avait invités à communier avec lui dans une émotion artistique. (*Un temps; puis de la même voix.*) Il a ajouté d'ailleurs que celui qui n'aurait pas communié aurait la tête tranchée.

Ils se taisent.

Je m'excuse d'insister. Mais je dois vous demander si vous avez trouvé que cette danse était belle.

PREMIER PATRICIEN, *après une hésitation.*

Elle était belle, Cæsonia.

LE VIEUX PATRICIEN, *débordant de gratitude.*

Oh! oui, Cæsonia.

CÆSONIA

Et toi, Cherea?

CHEREA, *froidement.*

C'était du grand art.

CÆSONIA

Parfait, je vais donc pouvoir en informer Caligula.

SCÈNE VI

Entre Hélicon.

HÉLICON

Dis-moi, Cherea, était-ce vraiment du grand art?

CHEREA

Dans un sens, oui.

HÉLICON

Je comprends. Tu es très fort, Cherea. Faux comme un honnête homme. Mais fort, vraiment. Moi, je ne suis pas fort. Et pourtant, je ne vous laisserai pas toucher à Caïus, même si c'est là ce que lui-même désire.

CHEREA

Je n'entends rien à ce discours. Mais je te félicite pour ton dévouement. J'aime les bons domestiques.

HÉLICON

Te voilà bien fier, hein? Oui, je sers un fou. Mais toi, qui sers-tu? La vertu? Je vais te dire ce que j'en pense. Je suis né esclave. Alors, l'air de la vertu, honnête homme, je l'ai d'abord dansé sous le fouet. Caïus, lui, ne m'a pas fait de discours. Il m'a affranchi et pris dans son palais. C'est ainsi que j'ai pu vous regarder, vous les vertueux. Et j'ai vu que vous aviez sale mine et pauvre odeur, l'odeur fade de ceux qui n'ont jamais rien souffert ni risqué. J'ai vu les drapés nobles, mais l'usure au cœur, le visage avare, la main fuyante. Vous, des juges? Vous qui tenez boutique de vertu, qui rêvez de sécurité comme la jeune fille rêve d'amour, qui allez pourtant mourir dans l'effroi sans même savoir que vous avez menti toute votre vie, vous vous mêleriez de juger celui qui a souffert sans compter, et qui saigne tous les jours de mille nouvelles bles-

sures? Vous me frapperez avant, sois-en sûr!
Méprise l'esclave, Cherea! Il est au-dessus de
ta vertu puisqu'il peut encore aimer ce maître
misérable qu'il défendra contre vos nobles mensonges, vos bouches parjures...

CHEREA

Cher Hélicon, tu te laisses aller à l'éloquence.
Franchement, tu avais le goût meilleur, autrefois.

HÉLICON

Désolé, vraiment. Voilà ce que c'est que de
trop vous fréquenter. Les vieux époux ont le
même nombre de poils dans les oreilles tant ils
finissent par se ressembler. Mais je me
reprends, ne crains rien, je me reprends.
Simplement ceci... Regarde, tu vois ce visage?
Bon. Regarde-le bien. Parfait. Maintenant, tu as
vu ton ennemi.

Il sort.

SCÈNE VII

CHEREA

Et maintenant, il faut faire vite. Restez là tous
les deux. Nous serons ce soir une centaine.

Il sort.

LE VIEUX PATRICIEN

Restez là, restez là! Je voudrais bien partir,
moi. (*Il renifle.*) Ça sent le mort, ici.

PREMIER PATRICIEN

Ou le mensonge. (*Tristement.*) J'ai dit que cette danse était belle.

LE VIEUX PATRICIEN, *conciliant.*

Elle l'était dans un sens. Elle l'était.

Entrent en coup de vent plusieurs patriciens et chevaliers.

SCÈNE VIII

DEUXIÈME PATRICIEN

Qu'y a-t-il? Le savez-vous? L'empereur nous fait appeler.

LE VIEUX PATRICIEN, *distrait.*

C'est peut-être pour la danse.

DEUXIÈME PATRICIEN

Quelle danse?

LE VIEUX PATRICIEN

Oui, enfin, l'émotion artistique.

TROISIÈME PATRICIEN

On m'a dit que Caligula était très malade.

PREMIER PATRICIEN

Il l'est.

TROISIÈME PATRICIEN

Qu'a-t-il donc? (*Avec ravissement.*) Par tous les dieux, va-t-il mourir?

PREMIER PATRICIEN

Je ne crois pas. Sa maladie n'est mortelle que pour les autres.

LE VIEUX PATRICIEN

Si nous osons dire.

DEUXIÈME PATRICIEN

Je te comprends. Mais n'a-t-il pas quelque maladie moins grave et plus avantageuse pour nous?

PREMIER PATRICIEN

Non, cette maladie-là ne souffre pas la concurrence. Vous permettez, je dois voir Cherea.

Il sort. Entre Cæsonia, petit silence.

SCÈNE IX

CÆSONIA, *d'un air indifférent.*

Caligula souffre de l'estomac. Il a vomi du sang.

Les patriciens accourent autour d'elle.

DEUXIÈME PATRICIEN

Oh! dieux tout-puissants, je fais vœu, s'il se

rétablit, de verser deux cent mille sesterces au trésor de l'État.

TROISIÈME PATRICIEN, *exagéré.*

Jupiter, prends ma vie en échange de la sienne.

> *Caligula est entré depuis un moment. Il écoute.*

CALIGULA,
s'avançant vers le deuxième patricien.

J'accepte ton offrande, Lucius, je te remercie. Mon trésorier se présentera demain chez toi. (*Il va vers le troisième patricien et l'embrasse.*) Tu ne peux savoir comme je suis ému. (*Un silence et tendrement.*) Tu m'aimes donc?

TROISIÈME PATRICIEN, *pénétré.*

Ah! César, il n'est rien que, pour toi, je ne donnerais sur l'heure.

CALIGULA, *l'embrassant encore.*

Ah! ceci est trop, Cassius, et je n'ai pas mérité tant d'amour. (*Cassius fait un geste de protestation.*) Non, non, te dis-je. J'en suis indigne. (*Il appelle deux gardes.*) Emmenez-le. (*A Cassius, doucement.*) Va, ami. Et souviens-toi que Caligula t'a donné son cœur.

TROISIÈME PATRICIEN, *vaguement inquiet.*

Mais où m'emmènent-ils?

CALIGULA

A la mort, voyons. Tu as donné ta vie pour la

mienne. Moi, je me sens mieux maintenant. Je n'ai même plus cet affreux goût de sang dans la bouche. Tu m'as guéri. Es-tu heureux, Cassius, de pouvoir donner ta vie pour un autre, quand cet autre s'appelle Caligula? Me voilà prêt de nouveau pour toutes les fêtes.

> *On entraîne le troisième patricien qui résiste et hurle.*

TROISIÈME PATRICIEN

Je ne veux pas. Mais c'est une plaisanterie.

CALIGULA, *rêveur, entre les hurlements.*

Bientôt, les routes sur la mer seront couvertes de mimosas. Les femmes auront des robes d'étoffe légère. Un grand ciel frais et battant, Cassius! Les sourires de la vie!

> *Cassius est prêt à sortir. Cæsonia le pousse doucement.*
> *Se retournant, soudain sérieux.*

La vie, mon ami, si tu l'avais assez aimée, tu ne l'aurais pas jouée avec tant d'imprudence.

> *On entraîne Cassius.*
> *Revenant vers la table.*

Et quand on a perdu, il faut toujours payer. (*Un temps.*) Viens, Cæsonia. (*Il se tourne vers les autres.*) A propos, il m'est venu une belle pensée que je veux partager avec vous. Mon règne jusqu'ici a été trop heureux. Ni peste universelle, ni religion cruelle, pas même un coup d'État, bref, rien qui puisse vous faire passer à la postérité. C'est un peu pour cela, voyez-vous, que j'essaie de compenser la prudence du destin. Je veux dire... je ne sais pas si vous m'avez compris (*avec un petit rire*), enfin, c'est moi qui remplace la peste. (*Changeant de ton.*) Mais, taisez-vous. Voici Cherea. C'est à toi, Cæsonia.

Il sort. Entrent Cherea et le premier patricien.

SCÈNE X

Cæsonia va vivement au-devant de Cherea.

CÆSONIA

Caligula est mort.

Elle se détourne, comme si elle pleurait, et fixe les autres qui se taisent. Tout le monde a l'air consterné, mais pour des raisons différentes.

PREMIER PATRICIEN

Tu... tu es sûre de ce malheur? Ce n'est pas possible, il a dansé tout à l'heure.

CÆSONIA

Justement. Cet effort l'a achevé.

Cherea va rapidement de l'un à l'autre, et se retourne vers Cæsonia. Tout le monde garde le silence.

Lentement.

Tu ne dis rien, Cherea.

CHEREA, *aussi lentement.*

C'est un grand malheur, Cæsonia.

Caligula entre brutalement et va vers Cherea.

CALIGULA

Bien joué, Cherea. (*Il fait un tour sur lui-même et regarde les autres. Avec humeur.*) Eh bien! c'est raté. (*A Cæsonia.*) N'oublie pas ce que je t'ai dit.

Il sort.

SCÈNE XI

Cæsonia le regarde partir en silence.

LE VIEUX PATRICIEN,
soutenu par un espoir infatigable.

Serait-il malade, Cæsonia?

CÆSONIA, *le regardant avec haine.*

Non, ma jolie, mais ce que tu ignores, c'est que cet homme dort deux heures toutes les nuits et le reste du temps, incapable de reposer, erre dans les galeries de son palais. Ce que tu ignores, ce que tu ne t'es jamais demandé, c'est à quoi pense cet être pendant les heures mortelles qui vont du milieu de la nuit au retour du soleil. Malade? Non, il ne l'est pas. A moins que tu n'inventes un nom et des médicaments pour les ulcères dont son âme est couverte.

CHEREA, *qu'on dirait touché.*

Tu as raison, Cæsonia. Nous n'ignorons pas que Caïus...

CÆSONIA, *plus vite.*

Non, vous ne l'ignorez pas. Mais comme tous ceux qui n'ont point d'âme, vous ne pouvez supporter ceux qui en ont trop. Trop d'âme! Voilà qui est gênant, n'est-ce pas? Alors, on appelle cela maladie : les cuistres sont justifiés et contents. (*D'un autre ton.*) Est-ce que tu as jamais su aimer, Cherea?

CHEREA, *de nouveau lui-même.*

Nous sommes maintenant trop vieux pour apprendre à le faire, Cæsonia. Et d'ailleurs, il n'est pas sûr que Caligula nous en laissera le temps.

CÆSONIA, *qui s'est reprise.*

Il est vrai. (*Elle s'assied.*) Et j'allais oublier les recommandations de Caligula. Vous savez qu'aujourd'hui est un jour consacré à l'art.

LE VIEUX PATRICIEN

D'après le calendrier?

CÆSONIA

Non, d'après Caligula. Il a convoqué quelques poètes. Il leur proposera une composition improvisée sur un sujet donné. Il désire que ceux d'entre vous qui sont poètes y concourent expressément. Il a désigné en particulier le jeune Scipion et Metellus.

METELLUS

Mais nous ne sommes pas prêts.

CÆSONIA, *comme si elle n'avait pas entendu,*
d'une voix neutre.

Naturellement, il y aura des récompenses. Il
y a aussi des punitions. (*Petit recul des autres.*)
Je puis vous dire, en confidence, qu'elles ne
sont pas très graves.

Entre Caligula. Il est plus sombre que jamais.

SCÈNE XII

CALIGULA

Tout est prêt ?

CÆSONIA

Tout. (*A un garde.*) Faites entrer les poètes.

Entrent, deux par deux, une douzaine de
poètes qui descendent à droite au pas
cadencé.

CALIGULA

Et les autres ?

CÆSONIA

Scipion et Metellus !

Tous deux se joignent aux poètes. Caligula
s'assied dans le fond, à gauche, avec Cæsonia
et le reste des patriciens. Petit silence.

CALIGULA

Sujet : la mort. Délai : une minute.

Les poètes écrivent précipitamment sur leurs tablettes.

LE VIEUX PATRICIEN

Qui sera le jury?

CALIGULA

Moi. Cela n'est pas suffisant?

LE VIEUX PATRICIEN

Oh! oui. Tout à fait suffisant.

CHEREA

Est-ce que tu participes au concours, Caïus?

CALIGULA

C'est inutile. Il y a longtemps que j'ai fait ma composition sur ce sujet.

LE VIEUX PATRICIEN, *empressé.*

Où peut-on se la procurer?

CALIGULA

A ma façon, je la récite tous les jours.

Cæsonia le regarde, angoissée.

CALIGULA, *brutalement.*

Ma figure te déplaît?

CÆSONIA, *doucement.*

Je te demande pardon.

CALIGULA

Ah! je t'en prie, pas d'humilité. Surtout pas d'humilité. Toi, tu es déjà difficile à supporter, mais ton humilité!

Cæsonia remonte lentement...
A Cherea.

Je continue. C'est l'unique composition que j'aie faite. Mais aussi, elle donne la preuve que je suis le seul artiste que Rome ait connu, le seul, tu entends, Cherea, qui mette en accord sa pensée et ses actes.

CHEREA

C'est seulement une question de pouvoir.

CALIGULA

En effet. Les autres créent par défaut de pouvoir. Moi, je n'ai pas besoin d'une œuvre : je vis. (*Brutalement.*) Alors, vous autres, vous y êtes?

METELLUS

Nous y sommes, je crois.

TOUS

Oui.

CALIGULA

Bon, écoutez-moi bien. Vous allez quitter vos rangs. Je sifflerai. Le premier commencera sa lecture. A mon coup de sifflet, il doit s'arrêter et le second commencer. Et ainsi de suite. Le vainqueur, naturellement, sera celui dont la composition n'aura pas été interrompue par le sifflet. Préparez-vous. (*Il se tourne vers Cherea et, confidentiel.*) Il faut de l'organisation en tout, même en art.

Coup de sifflet.

PREMIER POÈTE

Mort, quand par-delà les rives noires...

Sifflet. Le poète descend à gauche. Les autres feront de même. Scène mécanique.

DEUXIÈME POÈTE

Les Trois Parques en leur antre...

Sifflet.

TROISIÈME POÈTE

Je t'appelle, ô mort...

Sifflet rageur.

Le quatrième poète s'avance et prend une pose déclamatoire. Le sifflet retentit avant qu'il ait parlé.

CINQUIÈME POÈTE

Lorsque j'étais petit enfant...

CALIGULA, *hurlant.*

Non! mais quel rapport l'enfance d'un imbécile peut-elle avoir avec le sujet? Veux-tu me dire où est le rapport?

CINQUIÈME POÈTE

Mais, Caïus, je n'ai pas fini...

Sifflet strident.

SIXIÈME POÈTE,
il avance, s'éclaircissant la voix.

Inexorable, elle chemine...

Sifflet.

SEPTIÈME POÈTE, *mystérieux.*

Absconse et diffuse oraison...

> *Sifflet entrecoupé.*
> *Scipion s'avance sans tablettes.*

CALIGULA

A toi, Scipion. Tu n'as pas de tablettes?

SCIPION

Je n'en ai pas besoin.

CALIGULA

Voyons.

> *Il mâchonne son sifflet.*

SCIPION, *très près de Caligula, sans le regarder*
et avec une sorte de lassitude.

« Chasse au bonheur qui fait les êtres purs,
Ciel où le soleil ruisselle,
Fêtes uniques et sauvages, mon délire sans
espoir!... »

CALIGULA, *doucement.*

Arrête, veux-tu? (*A Scipion.*) Tu es bien
jeune pour connaître les vraies leçons de la
mort.

SCIPION, *fixant Caligula.*

J'étais bien jeune pour perdre mon père.

CALIGULA, *se détournant brusquement.*

Allons, vous autres, formez vos rangs. Un
faux poète est une punition trop dure pour mon
goût. Je méditais jusqu'ici de vous garder
comme alliés et j'imaginais parfois que vous

formeriez le dernier carré de mes défenseurs.
Mais cela est vain, et je vais vous rejeter parmi
mes ennemis. Les poètes sont contre moi, je
puis dire que c'est la fin. Sortez en bon ordre!
Vous allez défiler devant moi en léchant vos
tablettes pour y effacer les traces de vos
infamies. Attention! En avant!

> *Coups de sifflet rythmés. Les poètes,*
> *marchant au pas, sortent, par la droite, en*
> *léchant leurs immortelles tablettes.*

> *Très bas.*

Et sortez tous.

> *A la porte, Cherea retient le premier*
> *patricien par l'épaule.*

CHEREA

Le moment est venu.

> *Le jeune Scipion, qui a entendu, hésite sur*
> *le pas de la porte et va vers Caligula.*

CALIGULA, *méchamment.*

Ne peux-tu me laisser en paix, comme le fait
maintenant ton père?

SCÈNE XIII

SCIPION

Allons, Caïus, tout cela est inutile. Je sais déjà
que tu as choisi.

CALIGULA

Laisse-moi.

SCIPION

Je vais te laisser, en effet, car je crois que je t'ai compris. Ni pour toi, ni pour moi, qui te ressemble tant, il n'y a plus d'issue. Je vais partir très loin chercher les raisons de tout cela. (*Un temps, il regarde Caligula. Avec un grand accent.*) Adieu, cher Caïus. Quand tout sera fini, n'oublie pas que je t'ai aimé.

> *Il sort. Caligula le regarde. Il a un geste. Mais il se secoue brutalement et revient sur Cæsonia.*

CÆSONIA

Qu'a-t-il dit?

CALIGULA

Cela dépasse ton entendement.

CÆSONIA

A quoi penses-tu?

CALIGULA

A celui-ci. Et puis à toi aussi. Mais c'est la même chose.

CÆSONIA

Qu'y a-t-il?

CALIGULA, *la regardant.*

Scipion est parti. J'en ai fini avec l'amitié. Mais toi, je me demande pourquoi tu es encore là...

CÆSONIA

Parce que je te plais.

CALIGULA

Non. Si je te faisais tuer, je crois que je comprendrais.

CÆSONIA

Ce serait une solution. Fais-le donc. Mais ne peux-tu, au moins pour une minute, te laisser aller à vivre librement?

CALIGULA

Cela fait déjà quelques années que je m'exerce à vivre librement.

CÆSONIA

Ce n'est pas ainsi que je l'entends. Comprends-moi bien. Cela peut être si bon de vivre et d'aimer dans la pureté de son cœur.

CALIGULA

Chacun gagne sa pureté comme il peut. Moi, c'est en poursuivant l'essentiel. Tout cela n'empêche pas d'ailleurs que je pourrais te faire tuer. (*Il rit.*) Ce serait le couronnement de ma carrière.

> *Caligula se lève et fait tourner le miroir sur lui-même. Il marche en rond, en laissant pendre ses bras, presque sans gestes, comme une bête.*

C'est drôle. Quand je ne tue pas, je me sens seul. Les vivants ne suffisent pas à peupler l'univers et à chasser l'ennui. Quand vous êtes tous là, vous me faites sentir un vide sans mesure où je ne peux regarder. Je ne suis bien que parmi mes morts. (*Il se campe face au public, un peu penché en avant, il a oublié Cæsonia.*) Eux sont vrais. Ils sont comme moi. Ils m'attendent et me pressent. (*Il hoche la tête.*) J'ai de longs dialogues avec tel ou tel qui cria vers moi pour être gracié et à qui je fis couper la langue.

CÆSONIA

Viens. Étends-toi près de moi. Mets ta tête sur mes genoux. (*Caligula obéit.*) Tu es bien. Tout se tait.

CALIGULA

Tout se tait. Tu exagères. N'entends-tu pas ces cliquetis de fers? (*On les entend.*) Ne perçois-tu pas ces mille petites rumeurs qui révèlent la haine aux aguets?

Rumeurs.

CÆSONIA

Personne n'oserait...

CALIGULA

Si, la bêtise.

CÆSONIA

Elle ne tue pas. Elle rend sage.

CALIGULA

Elle est meurtrière, Cæsonia. Elle est meurtrière lorsqu'elle se juge offensée. Oh! ce ne sont pas ceux dont j'ai tué les fils ou le père qui m'assassineront. Ceux-là ont compris. Ils sont avec moi, ils ont le même goût dans la bouche. Mais les autres, ceux que j'ai moqués et ridiculisés, je suis sans défense contre leur vanité.

CÆSONIA, *avec véhémence.*

Nous te défendrons, nous sommes encore nombreux à t'aimer.

CALIGULA

Vous êtes de moins en moins nombreux. J'ai fait ce qu'il fallait pour cela. Et puis, soyons justes, je n'ai pas seulement la bêtise contre moi, j'ai aussi la loyauté et le courage de ceux qui veulent être heureux.

CÆSONIA, *même jeu.*

Non, ils ne te tueront pas. Ou alors quelque chose, venu du ciel, les consumerait avant qu'ils t'aient touché.

CALIGULA

Du ciel! Il n'y a pas de ciel, pauvre femme. (*Il s'assied.*) Mais pourquoi tant d'amour, tout d'un coup, ce n'est pas dans nos conventions?

CÆSONIA, *qui s'est levée et marche.*

Ce n'est donc pas assez de te voir tuer les autres qu'il faille encore savoir que tu seras tué? Ce n'est pas assez de te recevoir cruel et déchiré, de sentir ton odeur de meurtre quand tu te places sur mon ventre! Tous les jours, je vois mourir un peu plus en toi ce qui a figure d'homme. (*Elle se tourne vers lui.*) Je suis vieille et près d'être laide, je le sais. Mais le souci que j'ai de toi m'a fait maintenant une telle âme qu'il n'importe plus que tu ne m'aimes pas. Je voudrais seulement te voir guérir, toi qui es encore un enfant. Toute une vie devant toi! Et que demandes-tu donc qui soit plus grand que toute une vie?

CALIGULA, *se lève et il la regarde.*

Voici déjà bien longtemps que tu es là.

CÆSONIA

C'est vrai. Mais tu vas me garder, n'est-ce pas?

CALIGULA

Je ne sais pas. Je sais seulement pourquoi tu es là : pour toutes ces nuits où le plaisir était aigu et sans joie, et pour tout ce que tu connais de moi.

Il la prend dans ses bras et, de la main, lui renverse un peu la tête.

J'ai vingt-neuf ans. C'est peu. Mais à cette heure où ma vie m'apparaît cependant si longue, si chargée de dépouilles, si accomplie enfin, tu restes le dernier témoin. Et je ne peux me défendre d'une sorte de tendresse honteuse pour la vieille femme que tu vas être.

CÆSONIA

Dis-moi que tu veux me garder!

CALIGULA

Je ne sais pas. J'ai conscience seulement, et c'est le plus terrible, que cette tendresse honteuse est le seul sentiment pur que ma vie m'ait jusqu'ici donné.

> *Cæsonia se retire de ses bras, Caligula la suit. Elle colle son dos contre lui, il l'enlace.*

Ne vaudrait-il pas mieux que le dernier témoin disparaisse?

CÆSONIA

Cela n'a pas d'importance. Je suis heureuse de ce que tu m'as dit. Mais pourquoi ne puis-je pas partager ce bonheur avec toi?

CALIGULA

Qui te dit que je ne suis pas heureux?

CÆSONIA

Le bonheur est généreux. Il ne vit pas de destructions.

CALIGULA

Alors, c'est qu'il est deux sortes de bonheurs et j'ai choisi celui des meurtriers. Car je suis heureux. Il y a eu un temps où je croyais avoir atteint l'extrémité de la douleur. Eh bien! non, on peut encore aller plus loin. Au bout de cette contrée, c'est un bonheur stérile et magnifique. Regarde-moi.

> *Elle se tourne vers lui.*

Je ris, Cæsonia, quand je pense que, pendant des années, Rome tout entière a évité de prononcer le nom de Drusilla. Car Rome s'est trompée pendant des années. L'amour ne m'est pas suffisant, c'est cela que j'ai compris alors. C'est cela que je comprends aujourd'hui encore en te regardant. Aimer un être, c'est accepter de vieillir avec lui. Je ne suis pas capable de cet amour. Druṣilla vieille, c'était bien pis que Drusilla morte. On croit qu'un homme souffre parce que l'être qu'il aime meurt en un jour. Mais sa vraie souffrance est moins futile : c'est de s'apercevoir que le chagrin non plus ne dure pas. Même la douleur est privée de sens.

Tu vois, je n'avais pas d'excuses, pas même l'ombre d'un amour, ni l'amertume de la mélancolie. Je suis sans alibi. Mais aujourd'hui, me voilà encore plus libre qu'il y a des années, libéré que je suis du souvenir et de l'illusion. (*Il rit d'une façon passionnée.*) Je sais que rien ne dure ! Savoir cela ! Nous sommes deux ou trois dans l'histoire à en avoir fait vraiment l'expérience, accompli ce bonheur dément. Cæsonia, tu as suivi jusqu'au bout une bien curieuse tragédie. Il est temps que pour toi le rideau se baisse.

> *Il passe à nouveau derrière elle et passe son avant-bras autour du cou de Cæsonia.*

CÆSONIA, *avec effroi.*

Est-ce donc du bonheur, cette liberté épouvantable ?

CALIGULA, *écrasant peu à peu de son bras la gorge de Cæsonia.*

Sois-en sûre, Cæsonia. Sans elle, j'eusse été un homme satisfait. Grâce à elle, j'ai conquis la divine clairvoyance du solitaire. (*Il s'exalte de plus en plus, étranglant peu à peu Cæsonia qui se laisse aller sans résistance, les mains un peu*

*offertes en avant. Il lui parle, penché sur son
oreille.*) Je vis, je tue, j'exerce le pouvoir délirant
du destructeur, auprès de quoi celui du créateur
paraît une singerie. C'est cela, être heureux.
C'est cela le bonheur, cette insupportable déli-
vrance, cet universel mépris, le sang, la haine
autour de moi, cet isolement non pareil de
l'homme qui tient toute sa vie sous son regard,
la joie démesurée de l'assassin impuni, cette
logique implacable qui broie des vies humaines
(*il rit*), qui te broie, Cæsonia, pour parfaire
enfin la solitude éternelle que je désire.

CÆSONIA, *se débattant faiblement.*

Caïus !

CALIGULA, *de plus en plus exalté.*

Non, pas de tendresse. Il faut en finir, car le
temps presse. Le temps presse, chère Cæsonia !

*Cæsonia râle. Caligula la traîne sur le lit
où il la laisse tomber.*
*La regardant d'un air égaré, d'une voix
rauque.*

Et toi aussi, tu étais coupable. Mais tuer n'est
pas la solution.

SCÈNE XIV

*Il tourne sur lui-même, hagard, va vers le
miroir.*

CALIGULA

Caligula ! Toi aussi, toi aussi, tu es coupable.

Alors, n'est-ce pas, un peu plus, un peu moins! Mais qui oserait me condamner dans ce monde sans juge, où personne n'est innocent! (*Avec tout l'accent de la détresse, se pressant contre le miroir.*) Tu le vois bien, Hélicon n'est pas venu. Je n'aurai pas la lune. Mais qu'il est amer d'avoir raison et de devoir aller jusqu'à la consommation. Car j'ai peur de la consommation. Des bruits d'armes! C'est l'innocence qui prépare son triomphe. Que ne suis-je à leur place! J'ai peur. Quel dégoût, après avoir méprisé les autres, de se sentir la même lâcheté dans l'âme. Mais cela ne fait rien. La peur non plus ne dure pas. Je vais retrouver ce grand vide où le cœur s'apaise.

> *Il recule un peu, revient vers le miroir. Il semble plus calme. Il recommence à parler, mais d'une voix plus basse et plus concentrée.*

Tout a l'air si compliqué. Tout est si simple pourtant. Si j'avais eu la lune, si l'amour suffisait, tout serait changé. Mais où étancher cette soif? Quel cœur, quel dieu auraient pour moi la profondeur d'un lac? (*S'agenouillant et pleurant.*) Rien dans ce monde, ni dans l'autre, qui soit à ma mesure. Je sais pourtant, et tu le sais aussi (*il tend les mains vers le miroir en pleurant*), qu'il suffirait que l'impossible soit. L'impossible! Je l'ai cherché aux limites du monde, aux confins de moi-même. J'ai tendu mes mains (*criant*), je tends mes mains et c'est toi que je rencontre, toujours toi en face de moi, et je suis pour toi plein de haine. Je n'ai pas pris la voie qu'il fallait, je n'aboutis à rien. Ma liberté n'est pas la bonne. Hélicon! Hélicon!

Rien! rien encore. Oh! cette nuit est lourde!
Hélicon ne viendra pas : nous serons coupables
à jamais! Cette nuit est lourde comme la douleur humaine.

*Des bruits d'armes et des chuchotements
s'entendent en coulisse.*

HÉLICON, *surgissant au fond.*

Garde-toi, Caïus! Garde-toi!

Une main invisible poignarde Hélicon.

*Caligula se relève, prend un siège bas dans
la main et approche du miroir en soufflant.
Il s'observe, simule un bond en avant et,
devant le mouvement symétrique de son
double dans la glace, lance son siège à toute
volée en hurlant :*

CALIGULA

A l'histoire, Caligula, à l'histoire.

*Le miroir se brise et, dans le même
moment, par toutes les issues, entrent les
conjurés en armes. Caligula leur fait face,
avec un rire fou. Le vieux patricien le frappe
dans le dos, Cherea en pleine figure. Le rire
de Caligula se transforme en hoquets. Tous
frappent. Dans un dernier hoquet, Caligula,
riant et râlant, hurle :*

Je suis encore vivant!

RIDEAU

Le malentendu

PIÈCE EN TROIS ACTES

Le malentendu *a été représenté pour la première fois en 1944, au Théâtre des Mathurins,
dans une mise en scène de Marcel Herrand, et
avec la distribution suivante :*

MARTHA	*Maria Casarès.*
MARIA	*Hélène Vercors.*
LA MÈRE	*Marie Kalff.*
JAN	*Marcel Herrand.*
LE VIEUX DOMESTIQUE	*Paul Œttly.*

ACTE PREMIER

SCÈNE PREMIÈRE

Midi. La salle commune de l'auberge. Elle est propre et claire. Tout y est net.

LA MÈRE

Il reviendra.

MARTHA

Il te l'a dit?

LA MÈRE

Oui. Quand tu es sortie.

MARTHA

Il reviendra seul?

LA MÈRE

Je ne sais pas.

MARTHA

Est-il riche?

LA MÈRE

Il ne s'est pas inquiété du prix.

MARTHA

S'il est riche, tant mieux. Mais il faut aussi qu'il soit seul.

LA MÈRE, *avec lassitude.*

Seul et riche, oui. Et alors nous devrons recommencer.

MARTHA

Nous recommencerons, en effet. Mais nous serons payées de notre peine.

Un silence. Martha regarde sa mère.

Mère, vous êtes singulière. Je vous reconnais mal depuis quelque temps.

LA MÈRE

Je suis fatiguée, ma fille, rien de plus. Je voudrais me reposer.

MARTHA

Je puis prendre sur moi ce qui vous reste encore à faire dans la maison. Vous aurez ainsi toutes vos journées.

LA MÈRE

Ce n'est pas exactement de ce repos que je parle. Non, c'est un rêve de vieille femme. J'aspire seulement à la paix, à un peu d'abandon. (*Elle rit faiblement.*) Cela est stupide à dire, Martha, mais il y a des soirs où je me sentirais presque des goûts de religion.

MARTHA

Vous n'êtes pas si vieille, ma mère, qu'il faille
en venir là. Vous avez mieux à faire.

LA MÈRE

Tu sais bien que je plaisante. Mais quoi! A la
fin d'une vie, on peut bien se laisser aller. On ne
peut pas toujours se raidir et se durcir comme
tu le fais. Martha. Ce n'est pas de ton âge non
plus. Et je connais bien des filles, nées la même
année que toi, qui ne songent qu'à des folies.

MARTHA

Leurs folies ne sont rien auprès des nôtres,
vous le savez.

LA MÈRE

Laissons cela.

MARTHA, *lentement.*

On dirait qu'il est maintenant des mots qui
vous brûlent la bouche.

LA MÈRE

Qu'est-ce que cela peut te faire, si je ne
recule pas devant les actes? Mais qu'importe!
Je voulais seulement dire que j'aimerais quelquefois te voir sourire.

MARTHA

Cela m'arrive, je vous le jure.

LA MÈRE

Je ne t'ai jamais vue ainsi.

MARTHA

C'est que je souris dans ma chambre, aux heures où je suis seule.

LA MÈRE, *la regardant attentivement.*

Quel dur visage est le tien, Martha!

MARTHA, *s'approchant et avec calme.*

Ne l'aimez-vous donc pas?

LA MÈRE, *la regardant toujours, après un silence.*

Je crois que oui, pourtant.

MARTHA, *avec agitation.*

Ah! mère! Quand nous aurons amassé beau-coup d'argent et que nous pourrons quitter ces terres sans horizon, quand nous laisserons derrière nous cette auberge et cette ville plu-vieuse, et que nous oublierons ce pays d'ombre, le jour où nous serons enfin devant la mer dont j'ai tant rêvé, ce jour-là, vous me verrez sourire. Mais il faut beaucoup d'argent pour vivre devant la mer. C'est pour cela qu'il ne faut pas avoir peur des mots. C'est pour cela qu'il faut s'occuper de celui qui doit venir. S'il est suffisamment riche, ma liberté commencera peut-être avec lui. Vous a-t-il parlé longuement, mère?

LA MÈRE

Non. Deux phrases en tout.

MARTHA

De quel air vous a-t-il demandé sa chambre?

LA MÈRE

Je ne sais pas. Je vois mal et je l'ai mal regardé. Je sais, par expérience, qu'il vaut mieux ne pas les regarder. Il est plus facile de tuer ce qu'on ne connaît pas. (*Un temps.*) Réjouis-toi, je n'ai pas peur des mots maintenant.

MARTHA

C'est mieux ainsi. Je n'aime pas les allusions. Le crime est le crime, il faut savoir ce que l'on veut. Et il me semble que vous le saviez tout à l'heure, puisque vous y avez pensé, en répondant au voyageur.

LA MÈRE

Je n'y ai pas pensé. J'ai répondu par habitude.

MARTHA

L'habitude? Vous le savez, pourtant, les occasions ont été rares!

LA MÈRE

Sans doute. Mais l'habitude commence au second crime. Au premier, rien ne commence, c'est quelque chose qui finit. Et puis, si les occasions ont été rares, elles se sont étendues sur beaucoup d'années, et l'habitude s'est fortifiée du souvenir. Oui, c'est bien l'habitude qui m'a poussée à répondre, qui m'a avertie de ne pas regarder cet homme, et assurée qu'il avait le visage d'une victime.

MARTHA

Mère, il faudra le tuer.

LA MÈRE, *plus bas.*

Sans doute, il faudra le tuer.

MARTHA

Vous dites cela d'une singulière façon.

LA MÈRE

Je suis lasse, en effet, et j'aimerais qu'au moins celui-là soit le dernier. Tuer est terriblement fatigant. Je me soucie peu de mourir devant la mer ou au centre de nos plaines, mais je voudrais bien qu'ensuite nous partions ensemble.

MARTHA

Nous partirons et ce sera une grande heure! Redressez-vous, mère, il y a peu à faire. Vous savez bien qu'il ne s'agit même pas de tuer. Il boira son thé, il dormira, et tout vivant encore, nous le porterons à la rivière. On le retrouvera dans longtemps, collé contre un barrage, avec d'autres qui n'auront pas eu sa chance et qui se seront jetés dans l'eau, les yeux ouverts. Le jour où nous avons assisté au nettoyage du barrage, vous me le disiez, mère, ce sont les nôtres qui souffrent le moins, la vie est plus cruelle que nous. Redressez-vous, vous trouverez votre repos et nous fuirons enfin d'ici.

LA MÈRE

Oui, je vais me redresser. Quelquefois, en effet, je suis contente à l'idée que les nôtres n'ont jamais souffert. C'est à peine un crime, tout juste une intervention, un léger coup de pouce donné à des vies inconnues. Et il est vrai qu'apparemment la vie est plus cruelle que nous. C'est peut-être pour cela que j'ai du mal à me sentir coupable.

> *Entre le vieux domestique. Il va s'asseoir derrière le comptoir, sans un mot. Il ne bougera pas jusqu'à la fin de la scène.*

MARTHA

Dans quelle chambre le mettrons-nous?

LA MÈRE

N'importe laquelle, pourvu que ce soit au premier.

MARTHA

Oui, nous avons trop peiné, la dernière fois, dans les deux étages. (*Elle s'assied pour la première fois.*) Mère, est-il vrai que, là-bas, le sable des plages fasse des brûlures aux pieds?

LA MÈRE

Je n'y suis pas allée, tu le sais. Mais on m'a dit que le soleil dévorait tout.

MARTHA

J'ai lu dans un livre qu'il mangeait jusqu'aux âmes et qu'il faisait des corps resplendissants, mais vidés par l'intérieur.

LA MÈRE

Est-ce cela, Martha, qui te fait rêver?

MARTHA

Oui, j'en ai assez de porter toujours mon âme,

j'ai hâte de trouver ce pays où le soleil tue les questions. Ma demeure n'est pas ici.

LA MÈRE

Auparavant, hélas! nous avons beaucoup à faire. Si tout va bien, j'irai, bien sûr, avec toi. Mais moi, je n'aurai pas le sentiment d'aller vers ma demeure. A un certain âge, il n'est pas de demeure où le repos soit possible, et c'est déjà beaucoup si l'on a pu faire soi-même cette dérisoire maison de briques, meublée de souvenirs, où il arrive parfois que l'on s'endorme. Mais naturellement, ce serait quelque chose aussi, si je trouvais à la fois le sommeil et l'oubli.

Elle se lève et se dirige vers la porte.

Prépare tout, Martha. (*Un temps.*) Si vraiment cela en vaut la peine.

Martha la regarde sortir. Elle-même sort par une autre porte.

SCÈNE II

Le vieux domestique va à la fenêtre, aperçoit Jan et Maria, puis se dissimule. Le vieux reste en scène, seul, pendant quelques secondes. Entre Jan. Il s'arrête, regarde dans la salle, aperçoit le vieux, derrière la fenêtre.

JAN

Il n'y a personne?

Le vieux le regarde, traverse la scène et s'en va.

SCÈNE III

Entre Maria. Jan se retourne brusquement vers elle.

JAN

Tu m'as suivi.

MARIA

Pardonne-moi, je ne pouvais pas. Je partirai peut-être tout à l'heure. Mais laisse-moi voir l'endroit où je te laisse.

JAN

On peut venir et ce que je veux faire ne sera plus possible.

MARIA

Donnons-nous au moins cette chance que quelqu'un vienne et que je te fasse reconnaître malgré toi.

Il se détourne. Un temps.

MARIA, *regardant autour d'elle.*

C'est ici?

JAN

Oui, c'est ici. J'ai pris cette porte, il y a vingt ans. Ma sœur était une petite fille. Elle jouait dans ce coin. Ma mère n'est pas venue m'embrasser. Je croyais alors que cela m'était égal.

MARIA

Jan, je ne puis croire qu'elles ne t'aient pas
reconnu tout à l'heure. Une mère reconnaît
toujours son fils.

JAN

Il y a vingt ans qu'elle ne m'a vu. J'étais un
adolescent, presque un jeune garçon. Ma mère a
vieilli, sa vue a baissé. C'est à peine si moi-
même je l'ai reconnue.

MARIA, *avec impatience.*

Je sais, tu es entré, tu as dit : « Bonjour », tu
t'es assis. Tu ne reconnaissais rien.

JAN

Ma mémoire n'était pas juste. Elles m'ont
accueilli sans un mot. Elles m'ont servi la bière
que je demandais. Elles me regardaient, elles ne
me voyaient pas. Tout était plus difficile que je
ne l'avais cru.

MARIA

Tu sais bien que ce n'était pas difficile et
qu'il suffisait de parler. Dans ces cas-là, on dit :
« C'est moi », et tout rentre dans l'ordre.

JAN

Oui, mais j'étais plein d'imaginations. Et moi
qui attendais un peu le repas du prodigue, on
m'a donné de la bière contre mon argent. J'étais
ému, je n'ai pas pu parler.

MARIA

Il aurait suffi d'un mot.

JAN

Je ne l'ai pas trouvé. Mais quoi, je ne suis pas si pressé. Je suis venu ici apporter ma fortune, et si je le puis, du bonheur. Quand j'ai appris la mort de mon père, j'ai compris que j'avais des responsabilités envers elles deux et, l'ayant compris, je fais ce qu'il faut. Mais je suppose que ce n'est pas si facile qu'on le dit de rentrer chez soi et qu'il faut un peu de temps pour faire un fils d'un étranger.

MARIA

Mais pourquoi n'avoir pas annoncé ton arrivée? Il y a des cas où l'on est bien obligé de faire comme tout le monde. Quand on veut être reconnu, on se nomme, c'est l'évidence même. On finit par tout brouiller en prenant l'air de ce qu'on n'est pas. Comment ne serais-tu pas traité en étranger dans une maison où tu te présentes comme un étranger? Non, non, tout cela n'est pas sain.

JAN

Allons, Maria, ce n'est pas si grave. Et puis quoi, cela sert mes projets. Je vais profiter de l'occasion, les voir un peu de l'extérieur. J'apercevrai mieux ce qui les rendra heureuses. Ensuite, j'inventerai les moyens de me faire reconnaître. Il suffit en somme de trouver ses mots.

MARIA

Il n'y a qu'un moyen. C'est de faire ce que ferait le premier venu, de dire : « Me voilà », c'est de laisser parler son cœur.

JAN

Le cœur n'est pas si simple.

MARIA

Mais il n'use que de mots simples. Et ce n'était pas bien difficile de dire : « Je suis votre fils, voici ma femme. J'ai vécu avec elle dans un pays que nous aimions, devant la mer et le soleil. Mais je n'étais pas assez heureux et aujourd'hui j'ai besoin de vous. »

JAN

Ne sois pas injuste, Maria. Je n'ai pas besoin d'elles, mais j'ai compris qu'elles devaient avoir besoin de moi et qu'un homme n'était jamais seul.

Un temps. Maria se détourne.

MARIA

Peut-être as-tu raison, je te demande pardon. Mais je me méfie de tout depuis que je suis entrée dans ce pays où je cherche en vain un visage heureux. Cette Europe est si triste. Depuis que nous sommes arrivés, je ne t'ai plus entendu rire, et moi, je deviens soupçonneuse. Oh! pourquoi m'avoir fait quitter mon pays? Partons, Jan, nous ne trouverons pas le bonheur ici.

JAN

Ce n'est pas le bonheur que nous sommes venus chercher. Le bonheur, nous l'avons.

MARIA, *avec véhémence.*

Pourquoi ne pas s'en contenter?

JAN

Le bonheur n'est pas tout et les hommes ont leur devoir. Le mien est de retrouver ma mère, une patrie...

> *Maria a un geste. Jan l'arrête : on entend des pas. Le vieux passe devant la fenêtre.*

JAN

On vient. Va-t'en, Maria, je t'en prie.

MARIA

Pas comme cela, ce n'est pas possible.

JAN, *pendant que les pas se rapprochent.*

Mets-toi là.

> *Il la pousse derrière la porte du fond.*

SCÈNE IV

> *La porte du fond s'ouvre. Le vieux traverse la pièce sans voir Maria et sort par la porte du dehors.*

JAN

Et maintenant, pars vite. Tu vois, la chance est avec moi.

MARIA

Je veux rester. Je me tairai et j'attendrai près de toi que tu sois reconnu.

JAN

Non, tu me trahirais.

Elle se détourne, puis revient vers lui et le regarde en face.

MARIA

Jan, il y a cinq ans que nous sommes mariés.

JAN

Il y aura bientôt cinq ans.

MARIA, *baissant la tête.*

Cette nuit est la première où nous serons séparés.

Il se tait, elle le regarde de nouveau.

J'ai toujours tout aimé en toi, même ce que je ne comprenais pas et je vois bien qu'au fond, je ne te voudrais pas différent. Je ne suis pas une épouse bien contrariante. Mais ici, j'ai peur de ce lit désert où tu me renvoies et j'ai peur aussi que tu m'abandonnes.

JAN

Tu ne dois pas douter de mon amour.

MARIA

Oh! je n'en doute pas. Mais il y a ton amour et il y a tes rêves, ou tes devoirs, c'est la même chose. Tu m'échappes si souvent. C'est alors comme si tu te reposais de moi. Mais moi, je ne peux pas me reposer de toi et c'est ce soir (*elle se jette contre lui en pleurant*), c'est ce soir que je ne pourrai pas supporter.

JAN, *la serrant contre lui.*

Cela est puéril.

MARIA

Bien sûr, cela est puéril. Mais nous étions si heureux là-bas et ce n'est pas de ma faute si les soirs de ce pays me font peur. Je ne veux pas que tu m'y laisses seule.

JAN

Je ne te laisserai pas longtemps. Comprends donc, Maria, que j'ai une parole à tenir.

MARIA

Quelle parole ?

JAN

Celle que je me suis donnée le jour où j'ai compris que ma mère avait besoin de moi.

MARIA

Tu as une autre parole à tenir.

JAN

Laquelle ?

MARIA

Celle que tu m'as donnée le jour où tu as promis de vivre avec moi.

JAN

Je crois bien que je pourrai tout concilier. Ce que je te demande est peu de chose. Ce n'est pas un caprice. Une soirée et une nuit où je vais essayer de m'orienter, de mieux connaître celles

que j'aime et d'apprendre à les rendre heureuses.

MARIA, *secouant la tête.*

La séparation est toujours quelque chose
pour ceux qui s'aiment comme il faut.

JAN

Sauvage, tu sais bien que je t'aime comme il
faut.

MARIA

Non, les hommes ne savent jamais comment
il faut aimer. Rien ne les contente. Tout ce
qu'ils savent, c'est rêver, imaginer de nouveaux
devoirs, chercher de nouveaux pays et de
nouvelles demeures. Tandis que nous, nous
savons qu'il faut se dépêcher d'aimer, partager
le même lit, se donner la main, craindre
l'absence. Quand on aime, on ne rêve à rien.

JAN

Que vas-tu chercher là? Il s'agit seulement de
retrouver ma mère, de l'aider et la rendre
heureuse. Quant à mes rêves ou mes devoirs, il
faut les prendre comme ils sont. Je ne serais
rien en dehors d'eux et tu m'aimerais moins si
je ne les avais pas.

MARIA, *lui tournant brusquement le dos.*

Je sais que tes raisons sont toujours bonnes et
que tu peux me convaincre. Mais je ne t'écoute
plus, je me bouche les oreilles quand tu prends
la voix que je connais bien. C'est la voix de ta
solitude, ce n'est pas celle de l'amour.

JAN, *se plaçant derrière elle.*

Laissons cela, Maria. Je désire que tu me laisses seul ici afin d'y voir plus clair. Cela n'est pas si terrible et ce n'est pas une grande affaire que de coucher sous le même toit que sa mère. Dieu fera le reste. Mais Dieu sait aussi que je ne t'oublie pas dans tout cela. Seulement, on ne peut pas être heureux dans l'exil ou dans l'oubli. On ne peut pas toujours rester un étranger. Je veux retrouver mon pays, rendre heureux tous ceux que j'aime. Je ne vois pas plus loin.

MARIA

Tu pourrais faire tout cela en prenant un langage simple. Mais ta méthode n'est pas la bonne.

JAN

Elle est la bonne puisque, par elle, je saurai si, oui ou non, j'ai raison d'avoir ces rêves.

MARIA

Je souhaite que ce soit oui et que tu aies raison. Mais moi, je n'ai pas d'autre rêve que ce pays où nous étions heureux, pas d'autre devoir que toi.

JAN, *la prenant contre lui.*

Laisse-moi aller. Je finirai par trouver les mots qui arrangeront tout.

MARIA, *s'abandonnant.*

Oh! continue de rêver. Qu'importe, si je garde ton amour! D'habitude, je ne veux pas être malheureuse quand je suis contre toi. Je patiente, j'attends que tu te lasses de tes nuées : alors commence mon temps. Si je suis malheureuse aujourd'hui, c'est que je suis bien sûre de ton amour et certaine pourtant que tu vas me renvoyer. C'est pour cela que l'amour des hommes est un déchirement. Ils ne peuvent se retenir de quitter ce qu'ils préfèrent.

JAN, *la prend au visage et sourit.*

Cela est vrai, Maria. Mais quoi, regarde-moi, je ne suis pas si menacé. Je fais ce que je veux et j'ai le cœur en paix. Tu me confies pour une nuit à ma mère et à ma sœur, ce n'est pas si redoutable.

MARIA, *se détachant de lui.*

Alors, adieu, et que mon amour te protège.

Elle marche vers la porte où elle s'arrête et, lui montrant ses mains vides :

Mais vois comme je suis démunie. Tu pars à la découverte et tu me laisses dans l'attente.

Elle hésite. Elle s'en va.

SCÈNE V

Jan s'assied. Entre le vieux domestique qui tient la porte ouverte pour laisser passer Martha, et sort ensuite.

JAN

Bonjour. Je viens pour la chambre.

MARTHA

Je sais. On la prépare. Il faut que je vous inscrive sur notre livre.

Elle va chercher son livre et revient.

JAN

Vous avez un domestique bizarre.

MARTHA

C'est la première fois qu'on nous reproche quelque chose à son sujet. Il fait toujours très exactement ce qu'il doit faire.

JAN

Oh! ce n'est pas un reproche. Il ne ressemble pas à tout le monde, voilà tout. Est-il muet?

MARTHA

Ce n'est pas cela.

JAN

Il parle donc?

MARTHA

Le moins possible et seulement pour l'essentiel.

JAN

En tout cas, il n'a pas l'air d'entendre ce qu'on lui dit.

MARTHA

On ne peut pas dire qu'il n'entende pas. C'est seulement qu'il entend mal. Mais je dois vous demander votre nom et vos prénoms.

JAN

Hasek, Karl.

MARTHA

Karl, c'est tout?

JAN

C'est tout.

MARTHA

Date et lieu de naissance?

JAN

J'ai trente-huit ans.

MARTHA

Où êtes-vous né?

JAN, *il hésite.*

En Bohême.

MARTHA

Profession?

JAN

Sans profession.

MARTHA

Il faut être très riche ou très pauvre pour vivre sans un métier.

JAN, *il sourit.*

Je ne suis pas très pauvre et, pour bien des raisons, j'en suis content.

MARTHA, *sur un autre ton.*

Vous êtes Tchèque, naturellement?

JAN

Naturellement.

MARTHA

Domicile habituel?

JAN

La Bohême.

MARTHA

Vous en venez?

JAN

Non, je viens d'Afrique. (*Elle a l'air de ne pas comprendre.*) De l'autre côté de la mer.

MARTHA

Je sais. (*Un temps.*) Vous y allez souvent?

JAN

Assez souvent.

MARTHA, *elle rêve un moment, mais reprend.*

Quelle est votre destination?

JAN

Je ne sais pas. Cela dépendra de beaucoup de choses.

MARTHA

Vous voulez vous fixer ici?

JAN

Je ne sais pas. C'est selon ce que j'y trouverai.

MARTHA

Cela ne fait rien. Mais personne ne vous attend?

JAN

Non, personne, en principe.

MARTHA

Je suppose que vous avez une pièce d'identité?

JAN

Oui, je peux vous la montrer.

MARTHA

Ce n'est pas la peine. Il suffit que j'indique si c'est un passeport ou une carte d'identité.

JAN, *hésitant.*

Un passeport. Le voilà. Voulez-vous le voir?

> *Elle l'a pris dans ses mains et va le lire, mais le vieux domestique paraît dans l'encadrement de la porte.*

MARTHA

Non, je ne t'ai pas appelé. (*Il sort. Martha rend à Jan le passeport, sans le lire, avec une sorte de distraction.*) Quand vous allez là-bas, vous habitez près de la mer?

JAN

Oui.

> *Elle se lève, fait mine de ranger son cahier, puis se ravise et le tient ouvert devant elle.*

MARTHA, *avec une dureté soudaine.*

Ah! j'oubliais! Vous avez de la famille?

JAN

J'en avais. Mais il y a longtemps que je l'ai quittée.

MARTHA

Non, je veux dire : « Êtes-vous marié? »

JAN

Pourquoi me demandez-vous cela? On ne m'a posé cette question dans aucun autre hôtel.

MARTHA

Elle figure dans le questionnaire que nous donne l'administration du canton.

JAN

C'est bizarre. Oui, je suis marié. D'ailleurs, vous avez dû voir mon alliance.

MARTHA

Je ne l'ai pas vue. Pouvez-vous me donner l'adresse de votre femme?

JAN

Elle est restée dans son pays.

MARTHA

Ah! parfait. (*Elle ferme son livre.*) Dois-je vous servir à boire, en attendant que votre chambre soit prête?

JAN

Non, j'attendrai ici. J'espère que je ne vous gênerai pas.

MARTHA

Pourquoi me gêneriez-vous? Cette salle est faite pour recevoir des clients.

JAN

Oui, mais un client tout seul est quelquefois plus gênant qu'une grande affluence.

MARTHA, *qui range la pièce.*

Pourquoi? Je suppose que vous n'aurez pas l'idée de me faire des contes. Je ne puis rien donner à ceux qui viennent ici chercher des plaisanteries. Il y a longtemps qu'on l'a compris dans le pays. Et vous verrez bientôt que vous avez choisi une auberge tranquille. Il n'y vient presque personne.

JAN

Cela ne doit pas arranger vos affaires.

MARTHA

Nous y avons perdu quelques recettes, mais gagné notre tranquillité. Et la tranquillité ne se paie jamais assez cher. Au reste, un bon client vaut mieux qu'une pratique bruyante. Ce que nous recherchons, c'est justement le bon client.

JAN

Mais... (*il hésite*), quelquefois, la vie ne doit pas être gaie pour vous? Ne vous sentez-vous pas très seules?

MARTHA, *lui faisant face brusquement.*

Écoutez, je vois qu'il me faut vous donner un avertissement. Le voici. En entrant ici, vous n'avez que les droits d'un client. En revanche, vous les recevez tous. Vous serez bien servi et je ne pense pas que vous aurez un jour à vous plaindre de notre accueil. Mais vous n'avez pas à vous soucier de notre solitude, comme vous ne devez pas vous inquiéter de nous gêner, d'être importun ou de ne l'être pas. Prenez toute la place d'un client, elle est à vous de droit. Mais n'en prenez pas plus.

JAN

Je vous demande pardon. Je voulais vous marquer ma sympathie, et mon intention n'était pas de vous fâcher. Il m'a semblé simplement que nous n'étions pas si étrangers que cela l'un à l'autre.

MARTHA

Je vois qu'il me faut vous répéter qu'il ne peut être question de me fâcher ou de ne pas me fâcher. Il me semble que vous vous obstinez à prendre un ton qui ne devrait pas être le vôtre, et j'essaie de vous le montrer. Je vous assure bien que je le fais sans me fâcher. N'est-ce pas notre avantage, à tous les deux, de garder nos distances ? Si vous continuiez à ne pas tenir le langage d'un client, cela est fort simple, nous refuserions de vous recevoir. Mais si, comme je le pense, vous voulez bien comprendre que deux femmes qui vous louent une chambre ne sont pas forcées de vous admettre, par surcroît, dans leur intimité, alors, tout ira bien.

JAN

Cela est évident. Je suis impardonnable de vous avoir laissé croire que je pouvais m'y tromper.

MARTHA

Il n'y a aucun mal à cela. Vous n'êtes pas le premier qui ait essayé de prendre ce ton. Mais j'ai toujours parlé assez clairement pour que la confusion devînt impossible.

JAN

Vous parlez clairement, en effet, et je reconnais que je n'ai plus rien à dire... pour le moment...

MARTHA

Pourquoi? Rien ne vous empêche de prendre le langage des clients.

JAN

Quel est ce langage?

MARTHA

La plupart nous parlaient de tout, de leurs voyages ou de politique, sauf de nous-mêmes. C'est ce que nous demandons. Il est même arrivé que certains nous aient parlé de leur propre vie et de ce qu'ils étaient. Cela était dans l'ordre. Après tout, parmi les devoirs pour lesquels nous sommes payées, entre celui d'écouter. Mais, bien entendu, le prix de pension ne peut pas comprendre l'obligation pour l'hôtelier de répondre aux questions. Ma mère le fait quelquefois par indifférence, moi, je m'y refuse par principe. Si vous avez bien compris cela, non seulement nous serons d'accord, mais vous vous apercevrez que vous avez encore beaucoup de choses à nous dire et vous découvrirez qu'il y a du plaisir, quelquefois, à être écouté quand on parle de soi-même.

JAN

Malheureusement, je ne saurai pas très bien parler de moi-même. Mais, après tout, cela n'est pas utile. Si je ne fais qu'un court séjour, vous n'aurez pas à me connaître. Et si je reste longtemps, vous aurez tout le loisir, sans que je parle, de savoir qui je suis.

MARTHA

J'espère seulement que vous ne me garderez pas une rancune inutile de ce que je viens de dire. J'ai toujours trouvé de l'avantage à montrer les choses telles qu'elles sont, et je ne pouvais vous laisser continuer sur un ton qui, pour finir, aurait gâté nos rapports. Ce que je dis est raisonnable. Puisque, avant ce jour, il n'y avait rien de commun entre nous, il n'y a vraiment aucune raison pour que, tout d'un coup, nous nous trouvions une intimité.

JAN

Je vous ai déjà pardonnée. Je sais, en effet, que l'intimité ne s'improvise pas. Il faut y mettre du temps. Si, maintenant, tout vous semble clair entre nous, il faut bien que je m'en réjouisse.

Entre la mère.

SCÈNE VI

LA MÈRE

Bonjour, monsieur. Votre chambre est prête.

JAN

Je vous remercie beaucoup, madame.

La mère s'assied.

LA MÈRE, *à Martha.*

Tu as rempli la fiche?

MARTHA

Oui.

LA MÈRE

Est-ce que je puis voir? Vous m'excuserez, monsieur, mais la police est stricte. Ainsi, tenez, ma fille a omis de noter si vous êtes venu ici pour des raisons de santé, pour votre travail ou en voyage touristique.

JAN

Je suppose qu'il s'agit de tourisme.

LA MÈRE

A cause du cloître sans doute? On dit beaucoup de bien de notre cloître.

JAN

On m'en a parlé, en effet. J'ai voulu aussi

revoir cette région que j'ai connue autrefois, et
dont j'avais gardé le meilleur souvenir.

MARTHA

Vous y avez habité?

JAN

Non, mais il y a très longtemps, j'ai eu
l'occasion de passer par ici. Je ne l'ai pas oublié.

LA MÈRE

C'est pourtant un bien petit village que le
nôtre.

JAN

C'est vrai. Mais je m'y plais beaucoup. Et,
depuis que j'y suis, je me sens un peu chez moi.

LA MÈRE

Vous allez y rester longtemps?

JAN

Je ne sais pas. Cela vous paraît bizarre, sans
doute. Mais, vraiment, je ne sais pas. Pour
rester dans un endroit, il faut avoir ses raisons
— des amitiés, l'affection de quelques êtres.
Sinon, il n'y a pas de motif de rester là plutôt
qu'ailleurs. Et, comme il est difficile de savoir si
l'on sera bien reçu, il est naturel que j'ignore
encore ce que je ferai.

MARTHA

Cela ne veut pas dire grand-chose.

JAN

Oui, mais je ne sais pas mieux m'exprimer.

LA MÈRE

Allons, vous serez vite fatigué.

JAN

Non, j'ai un cœur fidèle, et je me fais vite des souvenirs, quand on m'en donne l'occasion.

MARTHA, *avec impatience.*

Le cœur n'a rien à faire ici.

JAN, *sans paraître avoir entendu, à la mère.*

Vous paraissez bien désabusée. Il y a donc si longtemps que vous habitez cet hôtel ?

LA MÈRE

Il y a des années et des années de cela. Tellement d'années que je n'en sais plus le commencement et que j'ai oublié ce que j'étais alors. Celle-ci est ma fille.

MARTHA

Mère, vous n'avez pas de raison de raconter ces choses.

LA MÈRE

C'est vrai, Martha.

JAN, *très vite.*

Laissez donc. Je comprends si bien votre sentiment, madame. C'est celui qu'on trouve au bout d'une vie de travail. Mais peut-être tout serait-il changé si vous aviez été aidée comme doit l'être toute femme et si vous aviez reçu l'appui d'un bras d'homme.

LA MÈRE

Oh! je l'ai reçu dans le temps, mais il y avait trop à faire. Mon mari et moi y suffisions à peine. Nous n'avions même pas le temps de penser l'un à l'autre et, avant même qu'il fût mort, je crois que je l'avais oublié.

JAN

Oui, je comprends cela. Mais... (*avec un temps d'hésitation*) un fils qui vous aurait prêté son bras, vous ne l'auriez peut-être pas oublié?

MARTHA

Mère, vous savez que nous avons beaucoup à faire.

LA MÈRE

Un fils! Oh! je suis une trop vieille femme! Les vieilles femmes désapprennent même d'aimer leur fils. Le cœur s'use, monsieur.

JAN

Il est vrai. Mais je sais qu'il n'oublie jamais.

MARTHA, *se plaçant entre eux et avec décision.*

Un fils qui entrerait ici trouverait ce que n'importe quel client est assuré d'y trouver : une indifférence bienveillante. Tous les hommes que nous avons reçus s'en sont accommodés. Ils ont payé leur chambre et reçu une clé. Ils n'ont pas parlé de leur cœur. (*Un temps.*) Cela simplifiait notre travail.

LA MÈRE

Laisse cela.

JAN, *réfléchissant.*

Et sont-ils restés longtemps ainsi?

MARTHA

Quelques-uns très longtemps. Nous avons fait ce qu'il fallait pour qu'ils restent. D'autres, qui étaient moins riches, sont partis le lendemain. Nous n'avons rien fait pour eux.

JAN

J'ai beaucoup d'argent et je désire rester un peu dans cet hôtel, si vous m'y acceptez. J'ai oublié de vous dire que je pouvais payer d'avance.

LA MÈRE

Oh! ce n'est pas cela que nous demandons!

MARTHA

Si vous êtes riche, cela est bien. Mais ne parlez plus de votre cœur. Nous ne pouvons rien pour lui. J'ai failli vous demander de partir, tant votre ton me lassait. Prenez votre clé, assurez-vous de votre chambre. Mais sachez que vous êtes dans une maison sans ressources pour le cœur. Trop d'années grises ont passé sur ce petit village et sur nous. Elles ont peu à peu refroidi cette maison. Elles nous ont enlevé le goût de la sympathie. Je vous le dis encore, vous n'aurez rien ici qui ressemble à de l'intimité. Vous aurez ce que nous réservons toujours à nos rares voyageurs, et ce que nous leur réservons n'a rien à voir avec les passions du cœur. Prenez votre clé (*elle la lui tend*), et n'oubliez pas ceci: nous vous accueillons, par intérêt, tranquillement, et, si nous vous conservons, ce sera par intérêt, tranquillement.

> *Il prend la clé ; elle sort, il la regarde sortir.*

LA MÈRE

N'y faites pas trop attention, monsieur. Mais il est vrai qu'il y a des sujets qu'elle n'a jamais pu supporter.

> *Elle se lève et il veut l'aider.*

Laissez, mon fils, je ne suis pas infirme. Voyez ces mains qui sont encore fortes. Elles pourraient maintenir les jambes d'un homme.

> *Un temps. Il regarde sa clé.*

Ce sont mes paroles qui vous donnent à réfléchir ?

JAN

Non, pardonnez-moi, je vous ai à peine entendue. Mais pourquoi m'avez-vous appelé « mon fils » ?

LA MÈRE

Oh ! je suis confuse ! Ce n'était pas par familiarité, croyez-le. C'était une manière de parler.

JAN

Je comprends. (*Un temps.*) Puis-je monter dans ma chambre ?

LA MÈRE

Allez, monsieur. Le vieux domestique vous attend dans le couloir.

Il la regarde et veut parler.

Avez-vous besoin de quelque chose?

JAN, *hésitant.*

Non, madame. Mais... je vous remercie de votre accueil.

SCÈNE VII

La mère est seule. Elle se rassied, pose ses mains sur la table, et les contemple.

LA MÈRE

Pourquoi lui avoir parlé de mes mains? Si, pourtant, il les avait regardées, peut-être aurait-il compris ce que lui disait Martha.

Il aurait compris, il serait parti. Mais il ne comprend pas. Mais il veut mourir. Et moi je voudrais seulement qu'il s'en aille pour que je puisse, encore ce soir, me coucher et dormir. Trop vieille! Je suis trop vieille pour refermer à nouveau mes mains autour de ses chevilles et contenir le balancement de son corps, tout le long du chemin qui mène à la rivière. Je suis trop vieille pour ce dernier effort qui le jettera dans l'eau et qui me laissera les bras ballants, la respiration coupée et les muscles noués, sans force pour essuyer sur ma figure l'eau qui aura jailli sous le poids du dormeur. Je suis trop vieille! Allons, allons! la victime est parfaite. Je dois lui donner le sommeil que je souhaitais pour ma propre nuit. Et c'est...

Entre brusquement Martha.

SCÈNE VIII

MARTHA

A quoi rêvez-vous encore? Vous savez pourtant que nous avons beaucoup à faire.

LA MÈRE

Je pensais à cet homme. Ou plutôt, je pensais à moi.

MARTHA

Il vaut mieux penser à demain. Soyez positive.

LA MÈRE

C'est le mot de ton père, Martha, je le reconnais. Mais je voudrais être sûre que c'est la dernière fois que nous serons obligées d'être positives. Bizarre! Lui disait cela pour chasser la peur du gendarme et toi, tu en uses seulement pour dissiper la petite envie d'honnêteté qui vient de me venir.

MARTHA

Ce que vous appelez une envie d'honnêteté, c'est seulement une envie de dormir. Suspendez votre fatigue jusqu'à demain et, ensuite, vous pourrez vous laisser aller.

LA MÈRE

Je sais que tu as raison. Mais avoue que ce voyageur ne ressemble pas aux autres.

MARTHA

Oui, il est trop distrait, il exagère l'allure de
l'innocence. Que deviendrait le monde si les
condamnés se mettaient à confier au bourreau
leurs peines de cœur? C'est un principe qui
n'est pas bon. Et puis son indiscrétion m'irrite.
Je veux en finir.

LA MÈRE

C'est cela qui n'est pas bon. Auparavant,
nous n'apportions ni colère ni compassion à
notre travail; nous avions l'indifférence qu'il
fallait. Aujourd'hui, moi, je suis fatiguée, et te
voilà irritée. Faut-il donc s'entêter quand les
choses se présentent mal et passer par-dessus
tout pour un peu plus d'argent?

MARTHA

Non, pas pour l'argent, mais pour l'oubli de
ce pays et pour une maison devant la mer. Si
vous êtes fatiguée de votre vie, moi, je suis lasse
à mourir de cet horizon fermé, et je sens que je
ne pourrai pas y vivre un mois de plus. Nous
sommes toutes deux excédées de cette auberge,
et vous, qui êtes vieille, voulez seulement
fermer les yeux et oublier. Mais moi, qui me
sens encore dans le cœur un peu des désirs de
mes vingt ans, je veux faire en sorte de les
quitter pour toujours, même si, pour cela, il faut
entrer un peu plus avant dans la vie que nous
voulons déserter. Et il faut bien que vous m'y
aidiez, vous qui m'avez mise au monde dans un
pays de nuages et non sur une terre de soleil!

LA MÈRE

Je ne sais pas, Martha, si, dans un sens, il ne vaudrait pas mieux, pour moi, être oubliée comme je l'ai été par ton frère, plutôt que de m'entendre parler sur ce ton.

MARTHA

Vous savez bien que je ne voulais pas vous peiner. (*Un temps, et farouche.*) Que ferais-je sans vous à mes côtés, que deviendrais-je loin de vous? Moi, du moins, je ne saurais pas vous oublier et, si le poids de cette vie me fait quelquefois manquer au respect que je vous dois, je vous en demande pardon.

LA MÈRE

Tu es une bonne fille et j'imagine aussi qu'une vieille femme est parfois difficile à comprendre. Mais je veux profiter de ce moment pour te dire cela que, depuis tout à l'heure, j'essaie de te dire : pas ce soir...

MARTHA

Eh quoi! nous attendrons demain? Vous savez bien que nous n'avons jamais procédé ainsi, qu'il ne faut pas lui laisser le temps de voir du monde et qu'il faut agir pendant que nous l'avons sous la main.

LA MÈRE

Je ne sais pas. Mais pas ce soir. Laissons-lui cette nuit. Donnons-nous ce sursis. C'est par lui peut-être que nous nous sauverons.

MARTHA

Nous n'avons que faire d'être sauvées, ce langage est ridicule. Tout ce que vous pouvez espérer, c'est d'obtenir, en travaillant ce soir, le droit de vous endormir ensuite.

LA MÈRE

C'était cela que j'appelais être sauvée : dormir.

MARTHA

Alors, je vous le jure, ce salut est entre nos mains. Mère, nous devons nous décider. Ce sera ce soir ou ce ne sera pas.

RIDEAU

ACTE II

SCÈNE PREMIÈRE

La chambre. Le soir commence à entrer dans la pièce. Jan regarde par la fenêtre.

JAN

Maria a raison, cette heure est difficile. (*Un temps.*) Que fait-elle, que pense-t-elle dans sa chambre d'hôtel, le cœur fermé, les yeux secs, toute nouée au creux d'une chaise? Les soirs de là-bas sont des promesses de bonheur. Mais ici, au contraire... (*Il regarde la chambre.*) Allons, cette inquiétude est sans raisons. Il faut savoir ce que l'on veut. C'est dans cette chambre que tout sera réglé.

On frappe brusquement. Entre Martha.

MARTHA

J'espère, monsieur, que je ne vous dérange pas. Je voudrais changer vos serviettes et votre eau.

JAN

Je croyais que cela était fait.

Le malentendu

MARTHA

Non, le vieux domestique a quelquefois des distractions.

JAN

Cela n'a pas d'importance. Mais j'ose à peine vous dire que vous ne me dérangez pas.

MARTHA

Pourquoi?

JAN

Je ne suis pas sûr que cela soit dans nos conventions.

MARTHA

Vous voyez bien que vous ne pouvez pas répondre comme tout le monde.

JAN, *il sourit.*

Il faut bien que je m'y habitue. Laissez-moi un peu de temps.

MARTHA, *qui travaille.*

Vous partez bientôt. Vous n'aurez le temps de rien.

> *Il se détourne et regarde par la fenêtre. Elle l'examine. Il a toujours le dos tourné. Elle parle en travaillant.*

Je regrette, monsieur, que cette chambre ne soit pas aussi confortable que vous pourriez le désirer.

JAN

Elle est particulièrement propre, c'est le plus important. Vous l'avez d'ailleurs récemment transformée, n'est-ce pas ?

MARTHA

Oui. Comment le voyez-vous ?

JAN

A des détails.

MARTHA

En tout cas, bien des clients regrettent l'absence d'eau courante et l'on ne peut pas vraiment leur donner tort. Il y a longtemps aussi que nous voulions faire placer une ampoule électrique au-dessus du lit. Il est désagréable, pour ceux qui lisent au lit, d'être obligés de se lever pour tourner le commutateur.

JAN, *il se retourne.*

En effet, je ne l'avais pas remarqué. Mais ce n'est pas un gros ennui.

MARTHA

Vous êtes très indulgent. Je me félicite que les nombreuses imperfections de notre auberge vous soient indifférentes. J'en connais d'autres qu'elles auraient suffi à chasser.

JAN

Malgré nos conventions, laissez-moi vous dire que vous êtes singulière. Il me semble, en effet, que ce n'est pas le rôle de l'hôtelier de mettre en valeur les défectuosités de son installation. On dirait, vraiment, que vous cherchez à me persuader de partir.

MARTHA

Ce n'est pas tout à fait ma pensée. (*Prenant une décision.*) Mais il est vrai que ma mère et moi hésitions beaucoup à vous recevoir.

JAN

J'ai pu remarquer au moins que vous ne faisiez pas beaucoup pour me retenir. Mais je ne comprends pas pourquoi. Vous ne devez pas douter que je suis solvable et je ne donne pas l'impression, j'imagine, d'un homme qui a quelque méfait à se reprocher.

MARTHA

Non, ce n'est pas cela. Vous n'avez rien du malfaiteur. Notre raison est ailleurs. Nous devons quitter cet hôtel, et depuis quelque temps, nous projetions chaque jour de fermer l'établissement pour commencer nos préparatifs. Cela nous était facile, il nous vient rarement des clients. Mais c'est avec vous que nous comprenons à quel point nous avions abandonné l'idée de reprendre notre ancien métier.

JAN

Avez-vous donc envie de me voir partir ?

MARTHA

Je vous l'ai dit, nous hésitons et, surtout, j'hésite. En fait, tout dépend de moi et je ne sais encore à quoi me décider.

JAN

Je ne veux pas vous être à charge, ne l'oubliez pas, et je ferai ce que vous voudrez. Je dois dire cependant que cela m'arrangerait de rester encore un ou deux jours. J'ai des affaires à mettre en ordre, avant de reprendre mes voyages, et j'espérais trouver ici la tranquillité et la paix qu'il me fallait.

MARTHA

Je comprends votre désir, croyez-le bien, et, si vous le voulez, j'y penserai encore.

> *Un temps. Elle fait un pas indécis vers la porte.*

Allez-vous donc retourner au pays d'où vous venez?

JAN

Peut-être.

MARTHA

C'est un beau pays, n'est-ce pas?

JAN, *il regarde par la fenêtre.*

Oui, c'est un beau pays.

MARTHA

On dit que, dans ces régions, il y a des plages tout à fait désertes?

JAN

C'est vrai. Rien n'y rappelle l'homme. Au petit matin, on trouve sur le sable les traces laissées par les pattes des oiseaux de mer. Ce sont les seuls signes de vie. Quant aux soirs...

> *Il s'arrête.*

MARTHA, *doucement.*

Quant aux soirs, monsieur ?

JAN

Ils sont bouleversants. Oui, c'est un beau pays.

MARTHA, *avec un nouvel accent.*

J'y ai souvent pensé. Des voyageurs m'en ont parlé, j'ai lu ce que j'ai pu. Souvent, comme aujourd'hui, au milieu de l'aigre printemps de ce pays, je pense à la mer et aux fleurs de là-bas. (*Un temps, puis, sourdement.*) Et ce que j'imagine me rend aveugle à tout ce qui m'entoure.

> *Il la regarde avec attention, s'assied doucement devant elle.*

JAN

Je comprends cela. Le printemps de là-bas vous prend à la gorge. Les fleurs éclosent par milliers au-dessus des murs blancs. Si vous vous promeniez une heure sur les collines qui entourent ma ville, vous rapporteriez dans vos vêtements l'odeur de miel des roses jaunes.

> *Elle s'assied aussi.*

MARTHA

Cela est merveilleux. Ce que nous appelons le printemps, ici, c'est une rose et deux bourgeons qui viennent de pousser dans le jardin du cloître. (*Avec mépris.*) Cela suffit à remuer les hommes de mon pays. Mais leur cœur ressemble à cette rose avare. Un souffle plus puissant les fanerait, ils ont le printemps qu'ils méritent.

JAN

Vous n'êtes pas tout à fait juste. Car vous avez aussi l'automne.

MARTHA

Qu'est-ce que l'automne ?

JAN

Un deuxième printemps, où toutes les feuilles sont comme des fleurs. (*Il la regarde avec insistance.*) Peut-être en est-il ainsi des êtres que vous verriez fleurir, si seulement vous les aidiez de votre patience.

MARTHA

Je n'ai plus de patience en réserve pour cette Europe où l'automne a le visage du printemps et le printemps l'odeur de misère. Mais j'imagine avec délices cet autre pays où l'été écrase tout, où les pluies d'hiver noient les villes et où, enfin, les choses sont ce qu'elles sont.

> *Un silence. Il la regarde avec de plus en plus de curiosité. Elle s'en aperçoit et se lève brusquement.*

MARTHA

Pourquoi me regardez-vous ainsi ?

JAN

Pardonnez-moi, mais puisque, en somme, nous venons de laisser nos conventions, je puis bien vous le dire : il me semble que, pour la première fois, vous venez de me tenir un langage humain.

MARTHA, *avec violence.*

Vous vous trompez sans doute. Si même cela était, vous n'auriez pas de raison de vous en réjouir. Ce que j'ai d'humain n'est pas ce que j'ai de meilleur. Ce que j'ai d'humain, c'est ce que je désire, et pour obtenir ce que je désire, je crois que j'écraserais tout sur mon passage.

JAN, *il sourit.*

Ce sont des violences que je peux comprendre. Je n'ai pas besoin de m'en effrayer puisque je ne suis pas un obstacle sur votre chemin. Rien ne me pousse à m'opposer à vos désirs.

MARTHA

Vous n'avez pas de raisons de vous y opposer, cela est sûr. Mais vous n'en avez pas non plus de vous y prêter et, dans certains cas, cela peut tout précipiter.

JAN

Qui vous dit que je n'ai pas de raisons de m'y prêter?

MARTHA

Le bon sens, et le désir où je suis de vous tenir en dehors de mes projets.

JAN

Si je comprends bien, nous voilà revenus à nos conventions.

MARTHA

Oui, et nous avons eu tort de nous en écarter, vous le voyez bien. Je vous remercie seulement de m'avoir parlé des pays que vous connaissez et je m'excuse de vous avoir peut-être fait perdre votre temps.

Elle est déjà près de la porte.

Je dois dire cependant que, pour ma part, ce temps n'a pas été tout à fait perdu. Il a réveillé en moi des désirs qui, peut-être, s'endormaient. S'il est vrai que vous teniez à rester ici, vous avez, sans le savoir, gagné votre cause. J'étais venue presque décidée à vous demander de partir, mais, vous le voyez, vous en avez appelé à ce que j'ai d'humain, et je souhaite maintenant que vous restiez. Mon goût pour la mer et les pays du soleil finira par y gagner.

Il la regarde un moment en silence.

JAN, *lentement.*

Votre langage est bien étrange. Mais je resterai, si je le puis, et si votre mère non plus n'y voit pas d'inconvénient.

MARTHA

Ma mère a des désirs moins forts que les miens, cela est naturel. Elle n'a donc pas les mêmes raisons que moi de souhaiter votre présence. Elle ne pense pas assez à la mer et aux plages sauvages pour admettre qu'il faille que vous restiez. C'est une raison qui ne vaut que pour moi. Mais, en même temps, elle n'a pas de motifs assez forts à m'opposer, et cela suffit à régler la question.

JAN

Si je comprends bien, l'une de vous m'admettra par intérêt et l'autre par indifférence?

MARTHA

Que peut demander de plus un voyageur?

Elle ouvre la porte.

JAN

Il faut donc m'en réjouir. Mais sans doute comprendrez-vous que tout ici me paraisse singulier, le langage et les êtres. Cette maison est vraiment étrange.

MARTHA

Peut-être est-ce seulement que vous vous y conduisez de façon étrange.

Elle sort.

SCÈNE II

JAN, *regardant vers la porte.*

Peut-être, en effet... (*Il va vers le lit et s'y assied.*) Mais cette fille me donne seulement le désir de partir, de retrouver Maria et d'être encore heureux. Tout cela est stupide. Qu'est-ce que je fais ici? Mais non, j'ai la charge de ma mère et de ma sœur. Je les ai oubliées trop longtemps. (*Il se lève.*) Oui, c'est dans cette chambre que tout sera réglé.

Qu'elle est froide, cependant! Je n'en reconnais rien, tout a été mis à neuf. Elle ressemble maintenant à toutes les chambres d'hôtel de ces villes étrangères où des hommes seuls arrivent chaque nuit. J'ai connu cela aussi. Il me semblait alors qu'il y avait une réponse à trouver. Peut-être la recevrai-je ici. (*Il regarde au-dehors.*) Le ciel se couvre. Et voici maintenant ma vieille angoisse, là, au creux de mon corps, comme une mauvaise blessure que chaque mouvement irrite. Je connais son nom. Elle est peur de la solitude éternelle, crainte qu'il n'y ait pas de réponse. Et qui répondrait dans une chambre d'hôtel?

> *Il s'est avancé vers la sonnette. Il hésite, puis il sonne. On n'entend rien. Un moment de silence, des pas, on frappe un coup. La porte s'ouvre. Dans l'encadrement, se tient le vieux domestique. Il reste immobile et silencieux.*

JAN

Ce n'est rien. Excusez-moi. Je voulais savoir seulement si quelqu'un répondait, si la sonnerie fonctionnait.

> *Le vieux le regarde, puis ferme la porte. Les pas s'éloignent.*

SCÈNE III

JAN

La sonnerie fonctionne, mais lui ne parle pas.
Ce n'est pas une réponse. (*Il regarde le ciel.*)
Que faire?

> *On frappe deux coups. La sœur entre avec
> un plateau.*

SCÈNE IV

JAN

Qu'est-ce que c'est?

MARTHA

Le thé que vous avez demandé.

JAN

Je n'ai rien demandé.

MARTHA

Ah? Le vieux aura mal entendu. Il comprend
souvent à moitié. (*Elle met le plateau sur la table.
Jan fait un geste.*) Dois-je le remporter?

JAN

Non, non, je vous remercie au contraire.

> *Elle le regarde. Elle sort.*

SCÈNE V

Il prend la tasse, la regarde, la pose à nouveau.

JAN

Un verre de bière, mais contre mon argent; une tasse de thé, et par mégarde. (*Il prend la tasse et la tient un moment en silence. Puis sourdement.*) O mon Dieu! donnez-moi de trouver mes mots ou faites que j'abandonne cette vaine entreprise pour retrouver l'amour de Maria. Donnez-moi alors la force de choisir ce que je préfère et de m'y tenir. (*Il rit.*) Allons, faisons honneur au festin du prodigue!

> *Il boit. On frappe fortement à la porte.*

Eh bien?

> *La porte s'ouvre. Entre la mère.*

SCÈNE VI

LA MÈRE

Pardonnez-moi, monsieur, ma fille me dit qu'elle vous a donné du thé.

JAN

Vous voyez.

LA MÈRE

Vous l'avez bu?

JAN

Oui, pourquoi?

LA MÈRE

Excusez-moi, je vais enlever le plateau.

JAN, *il sourit.*

Je regrette de vous avoir dérangée.

LA MÈRE

Ce n'est rien. En réalité, ce thé ne vous était pas destiné.

JAN

Ah! c'est donc cela. Votre fille me l'a apporté sans que je l'aie commandé.

LA MÈRE, *avec une sorte de lassitude.*

Oui, c'est cela. Il eût mieux valu...

JAN, *surpris.*

Je le regrette, croyez-le, mais votre fille a voulu me le laisser quand même et je n'ai pas cru...

LA MÈRE

Je le regrette aussi. Mais ne vous excusez pas. Il s'agit seulement d'une erreur.

Elle range le plateau et va sortir.

JAN

Madame!

LA MÈRE

Oui.

JAN

Je viens de prendre une décision : je crois que je partirai ce soir, après le dîner. Naturellement, je vous paierai la chambre.

Elle le regarde en silence.

Je comprends que vous paraissiez surprise. Mais ne croyez pas surtout que vous soyez responsable de quelque chose. Je ne me sens pour vous que des sentiments de sympathie, et même de grande sympathie. Mais, pour être sincère, je ne suis pas à mon aise ici, je préfère ne pas prolonger mon séjour.

LA MÈRE, *lentement.*

Cela ne fait rien, monsieur. En principe, vous êtes tout à fait libre. Mais, d'ici le dîner, vous changerez peut-être d'avis. Quelquefois, on obéit à l'impression du moment et puis les choses s'arrangent et l'on finit par s'habituer.

JAN

Je ne crois pas, madame. Je ne voudrais cependant pas que vous vous imaginiez que je pars mécontent. Au contraire, je vous suis très reconnaissant de m'avoir accueilli comme vous l'avez fait. (*Il hésite.*) Il m'a semblé sentir chez vous une sorte de bienveillance à mon égard.

LA MÈRE

C'était tout à fait naturel, monsieur. Je n'avais pas de raisons personnelles de vous marquer de l'hostilité.

JAN, *avec une émotion contenue.*

Peut-être, en effet. Mais, si je vous dis cela, c'est que je désire vous quitter en bons termes. Plus tard, peut-être, je reviendrai. J'en suis même sûr. Mais, pour l'instant, j'ai le sentiment de m'être trompé et de n'avoir rien à faire ici. Pour tout vous dire, j'ai l'impression pénible que cette maison n'est pas la mienne.

Elle le regarde toujours.

LA MÈRE

Oui, bien sûr. Mais, d'ordinaire, ce sont des choses qu'on sent tout de suite.

JAN

Vous avez raison. Voyez-vous, je suis un peu distrait. Et puis ce n'est jamais facile de revenir dans un pays que l'on a quitté depuis longtemps. Vous devez comprendre cela.

LA MÈRE

Je vous comprends, monsieur, et j'aurais voulu que les choses s'arrangent pour vous. Mais je crois que, pour notre part, nous ne pouvons rien faire.

JAN

Oh! cela est sûr et je ne vous reproche rien. Vous êtes seulement les premières personnes que je rencontre depuis mon retour et il est naturel que je sente d'abord avec vous les difficultés qui m'attendent. Bien entendu, tout vient de moi, je suis encore dépaysé.

LA MÈRE

Quand les choses s'arrangent mal, on ne peut rien y faire. Dans un certain sens, cela m'ennuie aussi que vous ayez décidé de partir. Mais je me dis qu'après tout, je n'ai pas de raisons d'y attacher de l'importance.

JAN

C'est beaucoup déjà que vous partagiez mon ennui et que vous fassiez l'effort de me comprendre. Je ne sais pas si je saurais bien vous exprimer à quel point ce que vous venez de dire me touche et me fait plaisir. (*Il a un geste vers elle.*) Voyez-vous...

LA MÈRE

C'est notre métier de nous rendre agréables à tous nos clients.

JAN, *découragé.*

Vous avez raison. (*Un temps.*) En somme, je vous dois seulement des excuses et, si vous le jugez bon, un dédommagement...

> *Il passe sa main sur son front. Il semble plus fatigué. Il parle moins facilement.*

Vous avez pu faire des préparatifs, engager des frais, et il est tout à fait naturel...

LA MÈRE

Nous n'avons certes pas de dédommagement à vous demander. Ce n'est pas pour nous que je regrettais votre incertitude, c'est pour vous.

JAN, *il s'appuie à la table.*

Oh! cela ne fait rien. L'essentiel est que nous soyons d'accord et que vous ne gardiez pas de moi un trop mauvais souvenir. Je n'oublierai pas votre maison, croyez-le bien, et j'espère que, le jour où j'y reviendrai, je serai dans de meilleures dispositions.

Elle marche sans un mot vers la porte.

JAN

Madame!

Elle se retourne. Il parle avec difficulté, mais finit plus aisément qu'il n'a commencé.

Je voudrais... (*Il s'arrête.*) Pardonnez-moi, mais mon voyage m'a fatigué. (*Il s'assied sur le lit.*) Je voudrais, du moins, vous remercier... Je tiens aussi à ce que vous le sachiez, ce n'est pas comme un hôte indifférent que je quitterai cette maison.

LA MÈRE

Je vous en prie, monsieur.

Elle sort.

SCÈNE VII

Il la regarde sortir. Il fait un geste, mais donne, en même temps, des signes de fatigue. Il semble céder à la lassitude et s'accoude à l'oreiller.

JAN

Je reviendrai demain avec Maria, et je dirai :
« C'est moi. » Je les rendrai heureuses. Tout
cela est évident. Maria avait raison. (*Il soupire,
s'étend à moitié.*) Oh! je n'aime pas ce soir où
tout est si lointain. (*Il est tout à fait couché, il dit
des mots qu'on n'entend pas, d'une voix à peine
perceptible.*) Oui ou non?

> *Il remue. Il dort. La scène est presque
> dans la nuit. Long silence. La porte s'ouvre.
> Entrent les deux femmes avec une lumière.
> Le vieux domestique les suit.*

SCÈNE VIII

MARTHA, *après avoir éclairé le corps,
d'une voix étouffée.*

Il dort.

LA MÈRE, *de la même voix,
mais qu'elle élève peu à peu.*

Non, Martha! Je n'aime pas cette façon de
me forcer la main. Tu me traînes à cet acte.
Tu commences, pour m'obliger à finir. Je n'aime
pas cette façon de passer par-dessus mon hésitation.

MARTHA

C'est une façon de tout simplifier. Dans le
trouble où vous étiez, c'était à moi de vous
aider en agissant.

LA MÈRE

Je sais bien qu'il fallait que cela finisse. Il n'empêche. Je n'aime pas cela.

MARTHA

Allons, pensez plutôt à demain et faisons vite.

> *Elle fouille le veston et en tire un porte-feuille dont elle compte les billets. Elle vide toutes les poches du dormeur. Pendant cette opération, le passeport tombe et glisse der-rière le lit. Le vieux domestique va le ramasser sans que les femmes le voient et se retire.*

MARTHA

Voilà. Tout est prêt. Dans un instant, les eaux de la rivière seront pleines. Descendons. Nous viendrons le chercher quand nous enten-drons l'eau couler par-dessus le barrage. Venez!

LA MÈRE, *avec calme.*

Non, nous sommes bien ici.

> *Elle s'assied.*

MARTHA

Mais... (*Elle regarde sa mère, puis avec défi.*) Ne croyez pas que cela m'effraie. Attendons ici.

LA MÈRE

Mais oui, attendons. Attendre est bon, attendre est reposant. Tout à l'heure, il faudra le porter tout le long du chemin, jusqu'à la rivière. Et d'avance j'en suis fatiguée, d'une fatigue tellement vieille que mon sang ne peut plus la digérer. (*Elle oscille sur elle-même comme si elle dormait à moitié.*) Pendant ce temps, lui ne se doute de rien. Il dort. Il en a terminé avec ce monde. Tout lui sera facile, désormais. Il passera seulement d'un sommeil peuplé d'images à un sommeil sans rêves. Et ce qui, pour tout le monde, est un affreux arrachement ne sera pour lui qu'un long dormir.

MARTHA, *avec défi.*

Réjouissons-nous donc! Je n'avais pas de raisons de le haïr, et je suis heureuse que la souffrance au moins lui soit épargnée. Mais... il me semble que les eaux montent. (*Elle écoute, puis sourit.*) Mère, mère, tout sera fini bientôt.

LA MÈRE, *même jeu.*

Oui, tout sera fini. Les eaux montent. Pendant ce temps, lui ne se doute de rien. Il dort. Il ne connaît plus la fatigue du travail à décider, du travail à terminer. Il dort, il n'a plus à se raidir, à se forcer, à exiger de lui-même ce qu'il ne peut pas faire. Il ne porte plus la croix de cette vie intérieure qui proscrit le repos, la distraction, la faiblesse... Il dort et ne pense plus, il n'a plus de devoirs ni de tâches, non, non, et moi, vieille et fatiguée, oh! je l'envie de dormir maintenant et de devoir mourir bientôt. (*Silence.*) Tu ne dis rien, Martha?

MARTHA

Non, J'écoute. J'attends le bruit des eaux.

LA MÈRE

Dans un moment. Dans un moment seulement. Oui, encore un moment. Pendant ce temps, au moins, le bonheur est encore possible.

MARTHA

Le bonheur sera possible ensuite. Pas avant.

LA MÈRE

Savais-tu, Martha, qu'il voulait partir ce soir?

MARTHA

Non, je ne le savais pas. Mais, le sachant, j'aurais agi de même. Je l'avais décidé.

LA MÈRE

Il me l'a dit tout à l'heure, et je ne savais que lui répondre.

MARTHA

Vous l'avez donc vu?

LA MÈRE

Je suis montée ici, pour l'empêcher de boire. Mais il était trop tard.

MARTHA

Oui, il était trop tard! Et puisqu'il faut vous le dire, c'est lui qui m'y a décidée. J'hésitais. Mais il m'a parlé des pays que j'attends et, pour avoir su me toucher, il m'a donné des armes contre lui. C'est ainsi que l'innocence est récompensée.

LA MÈRE

Pourtant, Martha, il avait fini par comprendre. Il m'a dit qu'il sentait que cette maison n'était pas la sienne.

MARTHA, *avec force et impatience.*

Et cette maison, en effet, n'est pas la sienne, mais c'est qu'elle n'est celle de personne. Et personne n'y trouvera jamais l'abandon ni la chaleur. S'il avait compris cela plus vite, il se serait épargné et nous aurait évité d'avoir à lui apprendre que cette chambre est faite pour qu'on y dorme et ce monde pour qu'on y meure. Assez maintenant, nous... (*On entend au loin le bruit des eaux.*) Écoutez l'eau coule par-dessus le barrage. Venez, mère, et pour l'amour de ce Dieu que vous invoquez quelquefois, finissons-en.

La mère fait un pas vers le lit.

LA MÈRE

Allons! Mais il me semble que cette aube n'arrivera jamais.

RIDEAU

ACTE III

SCÈNE PREMIÈRE

La mère, Martha et le domestique sont en scène. Le vieux balaie et range. La sœur est derrière le comptoir, tirant ses cheveux en arrière. La mère traverse le plateau, se dirigeant vers la porte.

MARTHA

Vous voyez bien que cette aube est arrivée.

LA MÈRE

Oui. Demain, je trouverai que c'est une bonne chose que d'en avoir fini. Maintenant, je ne sens que ma fatigue.

MARTHA

Ce matin est, depuis des années, le premier où je respire. Il me semble que j'entends déjà la mer. Il y a en moi une joie qui va me faire crier.

LA MÈRE

Tant mieux, Martha, tant mieux. Mais je me sens maintenant si vieille que je ne peux rien partager avec toi. Demain, tout ira mieux.

MARTHA

Oui, tout ira mieux, je l'espère. Mais ne vous

plaignez pas encore et laissez-moi être heureuse à loisir. Je redeviens la jeune fille que j'étais. De nouveau, mon corps brûle, j'ai envie de courir. Oh! dites-moi seulement...

Elle s'arrête.

LA MÈRE

Qu'y a-t-il, Martha? Je ne te reconnais plus.

MARTHA

Mère... (*Elle hésite, puis avec feu.*) Suis-je encore belle?

LA MÈRE

Tu l'es, ce matin. Le crime est beau.

MARTHA

Qu'importe maintenant le crime! Je nais pour la seconde fois, je vais rejoindre la terre où je serai heureuse.

LA MÈRE

Bien. Je vais aller me reposer. Mais je suis contente de savoir que la vie va enfin commencer pour toi.

Le vieux domestique apparaît en haut de l'escalier, descend vers Martha, lui tend le passeport, puis sort sans rien dire. Martha ouvre le passeport et le lit, sans réaction.

LA MÈRE

Qu'est-ce que c'est?

MARTHA, *d'une voix calme.*

Son passeport. Lisez.

LA MÈRE

Tu sais bien que mes yeux sont fatigués.

MARTHA

Lisez! Vous saurez son nom.

La mère prend le passeport, vient s'asseoir devant une table, étale le carnet et lit. Elle regarde longtemps les pages devant elle.

LA MÈRE, *d'une voix neutre.*

Allons, je savais bien qu'un jour cela tournerait de cette façon et qu'alors il faudrait en finir.

MARTHA, *elle vient se placer devant le comptoir.*

Mère!

LA MÈRE, *de même.*

Laisse, Martha, j'ai bien assez vécu. J'ai vécu beaucoup plus longtemps que mon fils. Je ne l'ai pas reconnu et je l'ai tué. Je peux maintenant aller le rejoindre au fond de cette rivière où les herbes couvrent déjà son visage.

MARTHA

Mère! vous n'allez pas me laisser seule?

LA MÈRE

Tu m'as bien aidée, Martha, et je regrette de te quitter. Si cela peut encore avoir du sens, je dois témoigner qu'à ta manière tu as été une bonne fille. Tu m'as toujours rendu le respect que tu me devais. Mais maintenant, je suis lasse et mon vieux cœur, qui se croyait détourné de tout, vient de réapprendre la douleur. Je ne suis plus assez jeune pour m'en arranger. Et de toute façon, quand une mère n'est plus capable de reconnaître son fils, c'est que son rôle sur la terre est fini.

MARTHA

Non, si le bonheur de sa fille est encore à construire. Je ne comprends pas ce que vous me dites. Je ne reconnais pas vos mots. Ne m'avez-vous pas appris à ne rien respecter?

LA MÈRE, *de la même voix indifférente.*

Oui, mais, moi, je viens d'apprendre que j'avais tort et que sur cette terre où rien n'est assuré, nous avons nos certitudes. (*Avec amertume.*) L'amour d'une mère pour son fils est aujourd'hui ma certitude.

MARTHA

N'êtes-vous donc pas certaine qu'une mère puisse aimer sa fille?

LA MÈRE

Je ne voudrais pas te blesser maintenant, Martha, mais il est vrai que ce n'est pas la même chose. C'est moins fort. Comment pourrais-je me passer de l'amour de mon fils?

MARTHA, *avec éclat.*

Bel amour qui vous oublia vingt ans!

LA MÈRE

Oui, bel amour qui survit à vingt ans de silence. Mais qu'importe! cet amour est assez beau pour moi, puisque je ne peux vivre en dehors de lui.

Elle se lève.

MARTHA

Il n'est pas possible que vous disiez cela sans l'ombre d'une révolte et sans une pensée pour votre fille.

LA MÈRE

Non, je n'ai de pensée pour rien et moins encore de révolte. C'est la punition, Martha, et je suppose qu'il est une heure où tous les meurtriers sont comme moi, vidés par l'intérieur, stériles, sans avenir possible. C'est pour cela qu'on les supprime, ils ne sont bons à rien.

MARTHA

Vous tenez un langage que je méprise et je ne puis vous entendre parler de crime et de punition.

LA MÈRE

Je dis ce qui me vient à la bouche, rien de plus. Ah! j'ai perdu ma liberté, c'est l'enfer qui a commencé!

MARTHA, *elle vient vers elle, et avec violence.*

Vous ne disiez pas cela auparavant. Et pendant toutes ces années, vous avez continué à vous tenir près de moi et à prendre d'une main ferme les jambes de ceux qui devaient mourir. Vous ne pensiez pas alors à la liberté et à l'enfer. Vous avez continué. Que peut changer votre fils à cela?

LA MÈRE

J'ai continué, il est vrai. Mais par habitude, comme une morte. Il suffisait de la douleur pour tout transformer. C'est cela que mon fils est venu changer.

Martha fait un geste pour parler.

Je sais, Martha, cela n'est pas raisonnable. Que signifie la douleur pour une criminelle? Mais aussi, tu le vois, ce n'est pas une vraie douleur de mère : je n'ai pas encore crié. Ce n'est rien d'autre que la souffrance de renaître à l'amour, et cependant elle me dépasse. Je sais aussi que cette souffrance non plus n'a pas de raison. (*Avec un accent nouveau.*) Mais ce monde lui-même n'est pas raisonnable et je puis bien le dire, moi qui en ai tout goûté, depuis la création jusqu'à la destruction.

Elle se dirige avec décision vers la porte, mais Martha la devance et se place devant l'entrée.

MARTHA

Non, mère, vous ne me quitterez pas. N'oubliez pas que je suis celle qui est restée et que lui était parti, que vous m'avez eue près de vous toute une vie et que lui vous a laissée dans le silence. Cela doit se payer. Cela doit entrer dans le compte. Et c'est vers moi que vous devez revenir.

LA MÈRE, *doucement.*

Il est vrai, Martha, mais lui, je l'ai tué!

Martha s'est détournée un peu, la tête en arrière, semblant regarder la porte.

MARTHA, *après un silence,*
avec une passion croissante.

Tout ce que la vie peut donner à un homme lui a été donné. Il a quitté ce pays. Il a connu d'autres espaces, la mer, des êtres libres. Moi, je suis restée ici. Je suis restée, petite et sombre, dans l'ennui, enfoncée au cœur du continent et j'ai grandi dans l'épaisseur des terres. Personne n'a embrassé ma bouche et même vous, n'avez vu mon corps sans vêtements. Mère, je vous le jure, cela doit se payer. Et sous le vain prétexte qu'un homme est mort, vous ne pouvez vous dérober au moment où j'allais recevoir ce qui m'est dû. Comprenez donc que, pour un homme qui a vécu, la mort est une petite affaire. Nous pouvons oublier mon frère et votre fils. Ce qui lui est arrivé est sans importance : il n'avait plus rien à connaître. Mais moi, vous me frustrez de tout et vous m'ôtez ce dont il a joui. Faut-il donc qu'il m'enlève encore l'amour de ma mère et qu'il vous emmène pour toujours dans sa rivière glacée ?

Elles se regardent en silence. La sœur
baisse les yeux.
Très bas.

Je me contenterais de si peu. Mère, il y a des mots que je n'ai jamais su prononcer, mais il me semble qu'il y aurait de la douceur à recommencer notre vie de tous les jours.

La mère s'est avancée vers elle.

LA MÈRE

Tu l'avais reconnu ?

MARTHA, *relevant brusquement la tête.*

Non! je ne l'avais pas reconnu. Je n'avais gardé de lui aucune image, cela est arrivé comme ce devait arriver. Vous l'avez dit vous-même, ce monde n'est pas raisonnable. Mais vous n'avez pas tout à fait tort de me poser cette question. Car si je l'avais reconnu, je sais maintenant que cela n'aurait rien changé.

LA MÈRE

Je veux croire que cela n'est pas vrai. Les pires meurtriers connaissent les heures où l'on désarme.

MARTHA

Je les connais aussi. Mais ce n'est pas devant un frère inconnu et indifférent que j'aurais baissé le front.

LA MÈRE

Devant qui donc alors?

Martha baisse le front.

MARTHA

Devant vous.

Silence.

LA MÈRE, *lentement.*

Trop tard, Martha. Je ne peux plus rien pour toi. (*Elle se retourne vers sa fille.*) Est-ce que tu pleures, Martha? Non, tu ne saurais pas. Te souviens-tu du temps où je t'embrassais?

MARTHA

Non, mère.

LA MÈRE

Tu as raison. Il y a longtemps de cela et j'ai très vite oublié de te tendre les bras. Mais je n'ai pas cessé de t'aimer. (*Elle écarte doucement Martha qui lui cède peu à peu le passage.*) Je le sais maintenant puisque mon cœur parle; je vis à nouveau, au moment où je ne puis plus supporter de vivre.

Le passage est libre.

MARTHA, *mettant son visage dans ses mains.*

Mais qu'est-ce donc qui peut être plus fort que la détresse de votre fille?

LA MÈRE

La fatigue peut-être, et la soif de repos.

Elle sort sans que sa fille s'y oppose.

SCÈNE II

Martha court vers la porte, la ferme brutalement, se colle contre elle. Elle éclate en cris sauvages.

MARTHA

Non! je n'avais pas à veiller sur mon frère, et pourtant me voilà exilée dans mon propre pays; ma mère elle-même m'a rejetée. Mais je n'avais pas à veiller sur mon frère, ceci est l'injustice qu'on fait à l'innocence. Le voilà qui a obtenu

maintenant ce qu'il voulait, tandis que je reste
solitaire, loin de la mer dont j'avais soif. Oh! je
le hais. Toute ma vie s'est passée dans l'attente
de cette vague qui m'emporterait et je sais
qu'elle ne viendra plus! Il me faut demeurer
avec, à ma droite et à ma gauche, devant et
derrière moi, une foule de peuples et de nations,
de plaines et de montagnes, qui arrêtent le vent
de la mer et dont les jacassements et les mur-
mures étouffent son appel répété. (*Plus bas.*)
D'autres ont plus de chance! Il est des lieux
pourtant éloignés de la mer où le vent du soir,
parfois, apporte une odeur d'algue. Il y parle de
plages humides, toutes sonores du cri des
mouettes, ou de grèves dorées dans des soirs
sans limites. Mais le vent s'épuise bien avant
d'arriver ici; plus jamais je n'aurai ce qui m'est
dû. Quand même je collerais mon oreille contre
terre, je n'entendrais pas le choc des vagues ou
la respiration mesurée de la mer heureuse. Je
suis trop loin de ce que j'aime et ma distance est
sans remède. Je le hais, je le hais pour avoir
obtenu ce qu'il voulait! Moi, j'ai pour patrie ce
lieu clos et épais où le ciel est sans horizon, pour
ma faim l'aigre prunier de ce pays et rien pour
ma soif, sinon le sang que j'ai répandu. Voilà le
prix qu'il faut payer pour la tendresse d'une
mère!

Qu'elle meure donc, puisque je ne suis pas
aimée! Que les portes se referment autour de
moi! Qu'elle me laisse à ma juste colère! Car,
avant de mourir, je ne lèverai pas les yeux pour
implorer le Ciel. Là-bas, où l'on peut fuir, se
délivrer, presser son corps contre un autre,
rouler dans la vague, dans ce pays défendu par

la mer, les dieux n'abordent pas. Mais ici, où le regard s'arrête de tous côtés, toute la terre est dessinée pour que le visage se lève et que le regard supplie. Oh! je hais ce monde où nous en sommes réduits à Dieu. Mais moi, qui souffre d'injustice, on ne m'a pas fait droit, je ne m'agenouillerai pas. Et privée de ma place sur cette terre, rejetée par ma mère, seule au milieu de mes crimes, je quitterai ce monde sans être réconciliée.

On frappe à la porte.

SCÈNE III

MARTHA

Qui est là?

MARIA

Une voyageuse.

MARTHA

On ne reçoit plus de clients.

MARIA

Je viens rejoindre mon mari.

Elle entre.

MARTHA, *la regardant.*

Qui est votre mari?

MARIA

Il est arrivé ici hier et devait me rejoindre ce matin. Je suis étonnée qu'il ne l'ait pas fait.

MARTHA

Il avait dit que sa femme était à l'étranger.

MARIA

Il a ses raisons pour cela. Mais nous devions nous retrouver maintenant.

MARTHA, *qui n'a pas cessé de la regarder.*

Cela vous sera difficile. Votre mari n'est plus ici.

MARIA

Que dites-vous là? N'a-t-il pas pris une chambre chez vous?

MARTHA

Il avait pris une chambre, mais il l'a quittée dans la nuit.

MARIA

Je ne puis le croire, je sais toutes les raisons qu'il a de rester dans cette maison. Mais votre ton m'inquiète. Dites-moi ce que vous avez à me dire.

MARTHA

Je n'ai rien à vous dire, sinon que votre mari n'est plus là.

MARIA

Il n'a pu partir sans moi, je ne vous com-

prends pas. Vous a-t-il quittées définitivement
ou a-t-il dit qu'il reviendrait?

MARTHA

Il nous a quittées définitivement.

MARIA

Écoutez. Depuis hier, je supporte, dans ce
pays étranger, une attente qui a épuisé toute ma
patience. Je suis venue, poussée par l'inquiétude, et je ne suis pas décidée à repartir sans
avoir vu mon mari ou sans savoir où le
retrouver.

MARTHA

Ce n'est pas mon affaire.

MARIA

Vous vous trompez. C'est aussi votre affaire.
Je ne sais pas si mon mari approuvera ce que je
vais vous dire, mais je suis lasse de ces
complications. L'homme qui est arrivé chez
vous, hier matin, est le frère dont vous n'entendez plus parler depuis des années.

MARTHA

Vous ne m'apprenez rien.

MARIA, *avec éclat.*

Mais alors, qu'est-il donc arrivé? Pourquoi
votre frère n'est-il pas dans cette maison? Ne
l'avez-vous pas reconnu et, votre mère et vous,
n'avez-vous pas été heureuses de ce retour?

MARTHA

Votre mari n'est plus là parce qu'il est mort.

Maria a un sursaut et reste un moment silencieuse, regardant fixement Martha. Puis elle fait mine de s'approcher d'elle et sourit.

MARIA

Vous plaisantez, n'est-ce pas? Jan m'a souvent dit que, petite fille, déjà, vous vous plaisiez à déconcerter. Nous sommes presque sœurs et...

MARTHA

Ne me touchez pas. Restez à votre place. Il n'y a rien de commun entre nous. (*Un temps.*) Votre mari est mort cette nuit, je vous assure que cela n'est pas une plaisanterie. Vous n'avez plus rien à faire ici.

MARIA

Mais vous êtes folle, folle à lier! C'est trop soudain et je ne peux pas vous croire. Où est-il? Faites que je le voie mort et alors seulement je croirai ce que je ne puis même pas imaginer.

MARTHA

C'est impossible. Là où il est, personne ne peut le voir.

Maria a un geste vers elle.

Ne me touchez pas et restez où vous êtes... Il est au fond de la rivière où ma mère et moi l'avons porté, cette nuit, après l'avoir endormi. Il n'a pas souffert, mais il n'empêche qu'il est mort, et c'est nous, sa mère et moi, qui l'avons tué.

MARIA, *elle recule.*

Non, non... c'est moi qui suis folle et qui

entends des mots qui n'ont encore jamais retenti sur cette terre. Je savais que rien de bon ne m'attendait ici, mais je ne suis pas prête à entrer dans cette démence. Je ne comprends pas, je ne vous comprends pas...

MARTHA

Mon rôle n'est pas de vous persuader, mais seulement de vous informer. Vous viendrez de vous-même à l'évidence.

MARIA, *avec une sorte de distraction.*

Pourquoi, pourquoi avez-vous fait cela?

MARTHA

Au nom de quoi me questionnez-vous?

MARIA, *dans un cri.*

Au nom de mon amour!

MARTHA

Qu'est-ce que ce mot veut dire?

MARIA

Il veut dire tout ce qui, à présent, me déchire et me mord, ce délire qui ouvre mes mains pour le meurtre. N'était cette incroyance entêtée qui me reste dans le cœur, vous apprendriez, folle, ce que ce mot veut dire, en sentant votre visage se déchirer sous mes ongles.

MARTHA

Vous parlez décidément un langage que je ne comprends pas. J'entends mal les mots d'amour, de joie ou de douleur.

MARIA, *avec un grand effort.*

Écoutez, cessons ce jeu, si c'en est un. Ne nous égarons pas en paroles vaines. Dites-moi, bien clairement, ce que je veux savoir bien clairement, avant de m'abandonner.

MARTHA

Il est difficile d'être plus claire que je l'ai été. Nous avons tué votre mari cette nuit, pour lui prendre son argent, comme nous l'avions fait déjà pour quelques voyageurs avant lui.

MARIA

Sa mère et sa sœur étaient donc des criminelles?

MARTHA

Oui.

MARIA, *toujours avec le même effort.*

Aviez-vous appris déjà qu'il était votre frère?

MARTHA

Si vous voulez le savoir, il y a eu malentendu. Et pour peu que vous connaissiez le monde, vous ne vous en étonnerez pas.

MARIA, *retournant vers la table,*
les poings contre la poitrine, d'une voix sourde.

Oh! mon Dieu, je savais que cette comédie ne pouvait être que sanglante, et que lui et moi serions punis de nous y prêter. Le malheur était dans ce ciel. (*Elle s'arrête devant la table et parle sans regarder Martha.*) Il voulait se faire reconnaître de vous, retrouver sa maison, vous apporter le bonheur, mais il ne savait pas trouver la parole qu'il fallait. Et pendant qu'il cherchait ses mots, on le tuait. (*Elle se met à pleurer.*) Et vous, comme deux insensées, aveugles devant le fils merveilleux qui vous revenait... car il était merveilleux, et vous ne savez pas quel cœur fier, quelle âme exigeante vous venez de tuer! Il pouvait être votre orgueil, comme il a été le mien. Mais, hélas! vous étiez son ennemie, vous êtes son ennemie, vous qui pouvez parler froidement de ce qui devrait vous jeter dans la rue et vous tirer des cris de bête!

MARTHA

Ne jugez de rien, car vous ne savez pas tout. A l'heure qu'il est, ma mère a rejoint son fils. Le flot commence à les ronger. On les découvrira bientôt et ils se retrouveront dans la même terre. Mais je ne vois pas qu'il y ait encore là de quoi me tirer des cris. Je me fais une autre idée du cœur humain et, pour tout dire, vos larmes me répugnent.

MARIA, *se retournant contre elle avec haine.*

Ce sont les larmes des joies perdues à jamais. Cela vaut mieux pour vous que cette douleur sèche qui va bientôt me venir et qui pourrait vous tuer sans un tremblement.

MARTHA

Il n'y a pas là de quoi m'émouvoir. Vraiment, ce serait peu de chose. Moi aussi, j'en ai assez vu et entendu, j'ai décidé de mourir à mon tour. Mais je ne veux pas me mêler à eux. Qu'ai-je à

faire dans leur compagnie? Je les laisse à leur
tendresse retrouvée, à leurs caresses obscures.
Ni vous ni moi n'y avons plus de part, ils nous
sont infidèles à jamais. Heureusement, il me
reste ma chambre, il sera bon d'y mourir seule.

MARIA

Ah! vous pouvez mourir, le monde peut
crouler, j'ai perdu celui que j'aime. Il me faut
maintenant vivre dans cette terrible solitude où
la mémoire est un supplice.

> *Martha vient derrière elle et parle par-
> dessus sa tête.*

MARTHA

N'exagérons rien. Vous avez perdu votre mari
et j'ai perdu ma mère. Après tout, nous sommes
quittes. Mais vous ne l'avez perdu qu'une fois,
après en avoir joui pendant des années et sans
qu'il vous ait rejetée. Moi, ma mère m'a rejetée.
Maintenant elle est morte et je l'ai perdue deux
fois.

MARIA

Il voulait vous apporter sa fortune, vous
rendre heureuses toutes les deux. Et c'est à cela
qu'il pensait, seul, dans sa chambre, au moment
où vous prépariez sa mort.

MARTHA, *avec un accent soudain désespéré.*

Je suis quitte aussi avec votre mari, car j'ai
connu sa détresse. Je croyais comme lui avoir
ma maison. J'imaginais que le crime était notre
foyer et qu'il nous avait unies, ma mère et moi,
pour toujours. Vers qui donc, dans le monde,

aurais-je pu me tourner, sinon vers celle qui avait tué en même temps que moi? Mais je me trompais. Le crime aussi est une solitude, même si on se met à mille pour l'accomplir. Et il est juste que je meure seule, après avoir vécu et tué seule.

Maria se tourne vers elle dans les larmes.

MARTHA, *reculant et reprenant sa voix dure.*

Ne me touchez pas, je vous l'ai déjà dit. A la pensée qu'une main humaine puisse m'imposer sa chaleur avant de mourir, à la pensée que n'importe quoi qui ressemble à la hideuse tendresse des hommes puisse me poursuivre encore, je sens toutes les fureurs du sang remonter à mes tempes.

Elles se font face, très près l'une de l'autre.

MARIA

Ne craignez rien. Je vous laisserai mourir comme vous le désirez. Je suis aveugle, je ne vous vois plus! Et ni votre mère, ni vous, ne serez jamais que des visages fugitifs, rencontrés et perdus au cours d'une tragédie qui n'en finira pas. Je ne sens pour vous ni haine ni compassion. Je ne peux plus aimer ni détester personne. (*Elle cache soudain son visage dans ses mains.*) En vérité, j'ai à peine eu le temps de souffrir ou de me révolter. Le malheur était plus grand que moi.

Martha, qui s'est détournée et a fait quelques pas vers la porte, revient vers Maria.

MARTHA

Mais pas encore assez grand puisqu'il vous a laissé des larmes. Et avant de vous quitter pour toujours, je vois qu'il me reste quelque chose à faire. Il me reste à vous désespérer.

MARIA, *la regardant avec effroi.*

Oh! laissez-moi, allez-vous-en et laissez-moi!

MARTHA

Je vais vous laisser, en effet, et pour moi aussi ce sera un soulagement, je supporte mal votre amour et vos pleurs. Mais je ne puis mourir en vous laissant l'idée que vous avez raison, que l'amour n'est pas vain, et que ceci est un accident. Car c'est maintenant que nous sommes dans l'ordre. Il faut vous en persuader.

MARIA

Quel ordre?

MARTHA

Celui où personne n'est jamais reconnu.

MARIA, *égarée.*

Que m'importe, je vous entends à peine. Mon cœur est déchiré. Il n'a de curiosité que pour celui que vous avez tué.

MARTHA, *avec violence.*

Taisez-vous! Je ne veux plus entendre parler de lui, je le déteste. Il ne vous est plus rien. Il est entré dans la maison amère où l'on est exilé pour toujours. L'imbécile! il a ce qu'il voulait, il a retrouvé celle qu'il cherchait. Nous voilà tous dans l'ordre. Comprenez que ni pour lui ni pour nous, ni dans la vie ni dans la mort, il n'est de patrie ni de paix. (*Avec un rire méprisant.*) Car on ne peut appeler patrie, n'est-ce pas, cette terre épaisse, privée de lumière, où l'on s'en va nourrir des animaux aveugles.

MARIA, dans les larmes.

Oh! mon Dieu, je ne peux pas, je ne peux pas supporter ce langage. Lui non plus ne l'aurait pas supporté. C'est pour une autre patrie qu'il s'était mis en marche.

MARTHA, qui a atteint la porte, se retournant
brusquement.

Cette folie a reçu son salaire. Vous recevrez bientôt le vôtre. (*Avec le même rire.*) Nous sommes volés, je vous le dis. A quoi bon ce grand appel de l'être, cette alerte des âmes? Pourquoi crier vers la mer ou vers l'amour? Cela est dérisoire. Votre mari connaît maintenant la réponse, cette maison épouvantable où nous serons enfin serrés les uns contre les autres. (*Avec haine.*) Vous la connaîtrez aussi, et si vous le pouviez alors, vous vous souviendriez avec délices de ce jour où pourtant vous vous croyiez entrée dans le plus déchirant des exils. Comprenez que votre douleur ne s'égalera jamais à l'injustice qu'on fait à l'homme et pour finir, écoutez mon conseil. Je vous dois bien un conseil, n'est-ce pas, puisque je vous ai tué votre mari!

Priez votre Dieu qu'il vous fasse semblable à la pierre. C'est le bonheur qu'il prend pour lui, c'est le seul vrai bonheur. Faites comme lui, rendez-vous sourde à tous les cris, rejoignez la pierre pendant qu'il en est temps. Mais si vous vous sentez trop lâche pour entrer dans cette paix muette, alors venez nous rejoindre dans notre maison commune. Adieu, ma sœur! Tout est facile, vous le voyez. Vous avez à choisir entre le bonheur stupide des cailloux et le lit gluant où nous vous attendons.

Elle sort et Maria, qui a écouté avec égarement, oscille sur elle-même, les mains en avant.

MARIA, *dans un cri.*

Oh! mon Dieu! je ne puis vivre dans ce désert! C'est à vous que je parlerai et je saurai trouver mes mots. (*Elle tombe à genoux.*) Oui, c'est à vous que je m'en remets. Ayez pitié de moi, tournez-vous vers moi! Entendez-moi, donnez-moi votre main! Ayez pitié, Seigneur, de ceux qui s'aiment et qui sont séparés!

La porte s'ouvre et le vieux domestique paraît.

SCÈNE IV

LE VIEUX, *d'une voix nette et ferme.*

Vous m'avez appelé?

MARIA, *se tournant vers lui.*

Oh! je ne sais pas! Mais aidez-moi, car j'ai

besoin qu'on m'aide. Ayez pitié et consentez à m'aider!

LE VIEUX, *de la même voix.*

Non!

RIDEAU

CALIGULA

Acte I.   13
Acte II.   45
Acte III.   85
Acte IV.   115

LE MALENTENDU

Acte I.   157
Acte II.   195
Acte III.   221

DU MÊME AUTEUR

CARNETS :

I – Mai 1935-février 1942 (Folio n° 5617).

II – Janvier 1942-mars 1951 (Folio n° 5618).

III – Mars 1951-décembre 1959 (Folio n° 5619).

JOURNAUX DE VOYAGE (Folio n° 5620).

CORRESPONDANCE AVEC JEAN GRENIER.

LA POSTÉRITÉ DU SOLEIL.

ALBERT CAMUS CONTRE LA PEINE DE MORT, écrits réunis, présentés et suivis d'un essai par Eve Morisi, préface de Robert Badinter.

CORRESPONDANCE, AVEC ROGER MARTIN DU GARD.

CORRESPONDANCE, AVEC LOUIS GUILLOUX.

CORRESPONDANCE, AVEC FRANCIS PONGE.

CORRESPONDANCE, AVEC ANDRÉ MALRAUX.

Adaptations théâtrales

LA DÉVOTION À LA CROIX de Pedro Calderón de la Barca (Folio Théâtre n° 148).

LES ESPRITS de Pierre de Larivey.

REQUIEM POUR UNE NONNE de William Faulkner.

LE CHEVALIER D'OLMEDO de Lope de Vega.

LES POSSÉDÉS de Dostoïevski (Folio Théâtre n° 123).

Cahiers Albert Camus

I – LA MORT HEUREUSE, *roman* (Folio n° 4998).

II – Paul Viallaneix : *Le premier Camus* suivi d'*Écrits de jeunesse d'Albert Camus*.

III – *Fragments d'un combat* (1938-1940) – Articles d'*Alger républicain*.

IV – CALIGULA (version de 1941), *théâtre*.

V – *Albert Camus : œuvre fermée, œuvre ouverte ?* Actes du colloque de Cerisy (juin 1982).

VI – Albert Camus éditorialiste à *L'Express* (mai 1955-février 1956).

VII – LE PREMIER HOMME (Folio n° 3320).

VIII – Camus à *Combat*, éditoriaux et articles (1944-1947) (Folio Essais n° 582).

Bibliothèque de la Pléiade

ŒUVRES COMPLÈTES (4 VOLUMES).

Dans la collection Écoutez lire

L'ÉTRANGER (1 CD).
LA PESTE (2 CD).

Dans la collection Quarto

ŒUVRES.

En collaboration avec Arthur Koestler

RÉFLEXIONS SUR LA PEINE CAPITALE, *essai* (Folio n° 3609).

À l'Avant-Scène

UN CAS INTÉRESSANT, adaptation de Dino Buzzati, *théâtre* (Folio Théâtre n° 149).

Aux Éditions Indigènes

ÉCRITS LIBERTAIRES : 1948-1960.

COLLECTION FOLIO

Dernières parutions

7041. Alain — *Connais-toi* et autres fragments
7042. Françoise de Graffigny — *Lettres d'une Péruvienne*
7043. Antoine
de Saint-Exupéry — *Lettres à l'inconnue* suivi de
Choix de lettres dessinées
7044. Pauline Baer
de Perignon — *La collection disparue*
7045. Collectif — *Le Cantique des cantiques.*
L'Ecclésiaste
7046. Jessie Burton — *Les secrets de ma mère*
7047. Stéphanie Coste — *Le passeur*
7048. Carole Fives — *Térébenthine*
7049. Luc-Michel Fouassier — *Les pantoufles*
7050. Franz-Olivier Giesbert — *Dernier été*
7051. Julia Kerninon — *Liv Maria*
7052. Bruno Le Maire — *L'ange et la bête. Mémoires*
provisoires
7053. Philippe Sollers — *Légende*
7054. Mamen Sánchez — *La gitane aux yeux bleus*
7055. Jean-Marie Rouart — *La construction d'un coupable.*
À *paraître*
7056. Laurence Sterne — *Voyage sentimental en France*
et en Italie
7057. Nicolas de Condorcet — *Conseils à sa fille* et autres
textes
7058. Jack Kerouac — *La grande traversée de l'Ouest*
en bus et autres textes beat
7059. Albert Camus — *« Cher Monsieur Germain,... »*
Lettres et extraits
7060. Philippe Sollers — *Agent secret*
7061. Jacky Durand — *Marguerite*

7062. Gianfranco Calligarich   *Le dernier été en ville*
7063. Iliana Holguín
      Teodorescu   *Aller avec la chance*
7064. Tommaso Melilli   *L'écume des pâtes*
7065. John Muir   *Un été dans la Sierra*
7066. Patrice Jean   *La poursuite de l'idéal*
7067. Laura Kasischke   *Un oiseau blanc dans le
                               blizzard*

7068. Scholastique
      Mukasonga   *Kibogo est monté au ciel*
7069. Éric Reinhardt   *Comédies françaises*
7070. Jean Rolin   *Le pont de Bezons*
7071. Jean-Christophe Rufin   *Le flambeur de la Caspienne.
                               Les énigmes d'Aurel le
                               Consul*
7072. Agathe Saint-Maur   *De sel et de fumée*
7073. Leïla Slimani   *Le parfum des fleurs la nuit*
7074. Bénédicte Belpois   *Saint Jacques*
7075. Jean-Philippe Blondel   *Un si petit monde*
7076. Caterina Bonvicini   *Les femmes de*
7077. Olivier Bourdeaut   *Florida*
7078. Anna Burns   *Milkman*
7079. Fabrice Caro   *Broadway*
7080. Cecil Scott Forester   *Le seigneur de la mer.
                               Capitaine Hornblower*
7081. Cecil Scott Forester   *Lord Hornblower. Capitaine
                               Hornblower*
7082. Camille Laurens   *Fille*
7083. Étienne de Montety   *La grande épreuve*
7084. Thomas Snégaroff   *Putzi. Le pianiste d'Hitler*
7085. Gilbert Sinoué   *L'île du Couchant*
7086. Federico García Lorca   *Aube d'été* et autres impressions
                               et paysages
7087. Franz Kafka   *Blumfeld, un célibataire plus très
                               jeune* et autres textes
7088. Georges Navel   *En faisant les foins* et autres
                               travaux
7089. Robert Louis Stevenson *Voyage avec un âne dans les
                               Cévennes*

7090. H. G. Wells — *L'Homme invisible*
7091. Simone de Beauvoir — *La longue marche*
7092. Tahar Ben Jelloun — *Le miel et l'amertume*
7093. Shane Haddad — *Toni tout court*
7094. Jean Hatzfeld — *Là où tout se tait*
7095. Nathalie Kuperman — *On était des poissons*
7096. Hervé Le Tellier — *L'anomalie*
7097. Pascal Quignard — *L'homme aux trois lettres*
7098. Marie Sizun — *La maison de Bretagne*
7099. Bruno de Stabenrath — *L'ami impossible. Une jeunesse avec Xavier Dupont de Ligonnès*
7100. Pajtim Statovci — *La traversée*
7101. Graham Swift — *Le grand jeu*
7102. Charles Dickens — *L'Ami commun*
7103. Pierric Bailly — *Le roman de Jim*
7104. François Bégaudeau — *Un enlèvement*
7105. Rachel Cusk — *Contour. Contour – Transit – Kudos*
7106. Éric Fottorino — *Marina A*
7107. Roy Jacobsen — *Les yeux du Rigel*
7108. Maria Pourchet — *Avancer*
7109. Sylvain Prudhomme — *Les orages*
7110. Ruta Sepetys — *Hôtel Castellana*
7111. Delphine de Vigan — *Les enfants sont rois*
7112. Ocean Vuong — *Un bref instant de splendeur*
7113. Huysmans — *À Rebours*
7114. Abigail Assor — *Aussi riche que le roi*
7115. Aurélien Bellanger — *Téléréalité*
7116. Emmanuel Carrère — *Yoga*
7117. Thierry Laget — *Proust, prix Goncourt. Une émeute littéraire*
7118. Marie NDiaye — *La vengeance m'appartient*
7119. Pierre Nora — *Jeunesse*
7120. Julie Otsuka — *Certaines n'avaient jamais vu la mer*
7121. Yasmina Reza — *Serge*

*Tous les papiers utilisés pour les ouvrages
des collections Folio sont certifiés
et proviennent de forêts gérées durablement.*

*Impression Novoprint
à Barcelone, le 20 février 2023
Dépôt légal : février 2023
1ᵉʳ dépôt légal dans la collection : mars 1972*

ISBN 978-2-07-036064-2 / Imprimé en Espagne

597108